A

Die großen Romane
Band 33

»Hier war er nicht zu Hause und würde es nie sein. Er empfand deutlich, dass das Weiße Ross ein eigenes Ganzes bildete, eine Welt für sich, die sich selbst genügte, mit ihrer Sonne, ihren Freuden, ihren Gerüchen, ihren Tragödien, ihrer Sprache. Darum hatte er auf seinem Weg durch die Küche den Wirt verstohlen angesehen und sich gefragt, wer wohl der Herrscher in diesem Universum sein mochte, der Mann mit der Kochmütze oder die junge Frau, die ruhig und würdevoll hinter ihrer Kasse saß.«

Georges Simenon, geboren 1903 im belgischen Lüttich, gestorben 1989 in Lausanne, gilt als der »meistgelesene, meistübersetzte, meistverfilmte, mit einem Wort: der erfolgreichste Schriftsteller des 20. Jahrhunderts« *(Die Zeit)*. Seine erstaunliche literarische Produktivität (75 Maigret-Romane, über 117 weitere Romane), viele Ortswechsel, zwei Ehen und unzählige Frauen bestimmten sein Leben. Rastlos bereiste er die Welt, immer auf der Suche nach dem, »was bei allen Menschen gleich ist«. Das macht seine Bücher bis heute so zeitlos.

Georges Simenon

Zum Weißen Ross

Roman

Aus dem Französischen
von Trude Fein

Atlantik

Die französische Originalausgabe erschien 1938 unter dem Titel
Le Cheval Blanc im Verlag Gallimard, Paris.
Die deutsche Erstausgabe erschien 1980 im Diogenes Verlag.

Atlantik ist ein Imprint
des Hoffmann und Campe Verlags, Hamburg.

1. Auflage 2022
Copyright © 1938 Georges Simenon Limited
GEORGES SIMENON ® Simenon.tm
All rights reserved
Copyright für die deutschen Rechte
© 2018 Kampa Verlag AG, Zürich
Copyright für die deutsche Übersetzung
© 1980, 2011 Diogenes Verlag AG, Zürich
Copyright für diese Ausgabe
© 2022 Hoffmann und Campe Verlag, Hamburg
www.hoffmann-und-campe.de
Umschlaggestaltung: Rothfos & Gabler, Hamburg
Umschlagabbildung: © Mary Evans / The Watts Collection
Satz: Dörlemann Satz, Lemförde
Gesetzt aus der Stempel Garamond und der Ano
Druck und Bindung: GGP Media, Pößneck
Printed in Germany
ISBN 978-3-455-01344-3

HOFFMANN
UND CAMPE

Ein Unternehmen der
GANSKE VERLAGSGRUPPE

1

S etz ihn lieber wieder runter, Maurice!«
Warum sollte er sich ausgerechnet an diesen Satz eher
erinnern als an einen anderen? Und warum ausgerechnet
an diese Minute und nicht an irgendeine andere Minute
dieses Pfingstsonntags?

Der Junge dachte nicht darüber nach. Er wusste nicht,
dass es von Bedeutung sein würde, dass er später als Mann
und noch später als Greis nur dieses eine Bild seines Vaters,
wie es sich jetzt seinem Gedächtnis einprägte, wieder her-
aufbeschwören würde.

Er hob den Kopf, denn er war erst sieben Jahre alt, und
sein Vater kam ihm riesengroß vor, noch vergrößert durch
Christian, der auf seinen Schultern saß, und durch den
Schatten, den die untergehende Sonne von ihm malte.

»Gib mir wenigstens deinen Hut, er macht ihn ja ganz
kaputt …«

Denn Christian hielt sich mit beiden Händen am Strohhut seines Vaters fest. Er rührte sich nicht, es war für ihn
kein Spiel, so getragen zu werden. Später sollte sein Bruder
Émile sich auch an ihn erinnern, wie an jede andere Einzelheit dieses Ausflugs, zum Beispiel das eigentümliche Grün
des Schilfs unter den letzten Sonnenstrahlen.

Christian thronte mit der Würde einer orientalischen Majestät, die auf dem Rücken des heiligen Elefanten sitzt, auf den Schultern des Vaters. Seine sehr hellen blauen Augen schienen leer, aber jeder in der Familie wusste, dass er drei oder auch sechs Monate später plötzlich die Geschichte dieses Tages herunterleiern würde – und zwar mit Einzelheiten, die allen anderen entgangen waren.

Gib mir wenigstens deinen Hut, er macht ihn ja ganz kaputt …

Es war wie im Kino. Mutter trat ins Blickfeld und hob den Arm, aber sie blieb verschwommen, und Émile erinnerte sich nicht einmal an das Kleid, das sie trug: sicher ein helles Kleid, das sie selbst geschneidert hatte.

Die Aufmerksamkeit des Jungen konzentrierte sich weiter auf den Vater, der jetzt keinen Hut mehr auf dem Kopf hatte und mit jeder Hand eine kleine rundliche Wade von Christian festhielt.

Dieser stützte sich auf das etwas gelichtete Haupt des Vaters, und sein sehr großer Kopf schaukelte im Takt der Schritte hin und her.

Die Uhrzeit war unwichtig. Es war die Stunde des Sonnenuntergangs, die Stunde, zu der man sich endlich hinsetzen und essen und trinken würde. Émile hatte schon eine halbe Stunde zuvor gesagt:

»Ich habe Durst …«

Und man hatte ihm geantwortet:

»In Pouilly bekommst du etwas zu trinken …«

Er hatte immer Durst, und seine Eltern wollten nie anhalten, um etwas zu trinken!

Es war nicht nur die Stunde der Abendröte, des Hungers und Durstes, sondern auch die Stunde, in der einem schwindlig wurde, in der die Füße über den staubigen Weg stolperten und man einen unangenehmen Geschmack im Mund hatte. Wenn Mutter aufrichtig gewesen wäre, hätte sogar sie zugegeben, dass sie nicht mehr konnte.

Nur hätte das nichts genützt. Vaters lange Gestalt, der ein riesenhafter Schatten vorauslief, marschierte mit Christian auf den Schultern mit Riesenschritten weiter. So konnte er stundenlang, zweifellos auch tagelang marschieren, und Émile war überzeugt, dass er sich keinen Deut um die Landschaft scherte.

Man beschloss einfach, wie auch an diesem Sonntag:

»Wir gehen die Loire hinunter, von Sancerre bis Pouilly. In Pouilly übernachten wir, und am nächsten Tag gehen wir dann noch ein Stück weiter.«

Man sprach davon wie von einem Fest! Aber ein Fest war es nur für Vater. Morgens musste man sich viel zu früh anziehen und rennen, um den Zug nicht zu verpassen. Dann aß man irgendwo am Ufer Sandwiches, weil die Restaurants so unverschämt teuer waren, und marschierte und marschierte – Vater mit diesem ekstatischen Ausdruck, mit dem in die Ferne gerichteten Blick eines Menschen, der überirdische Harmonien vernimmt, als führte er die Seinen in die Gefilde der Glückseligkeit.

»Du gehst zu schnell, Vater ... Émile ist ganz außer Atem ...«

In Wirklichkeit war Mutter außer Atem.

Doch jetzt näherte man sich dem Ziel – endlich! Links

ein paar Häuser, ein richtiger Quai und eine vielbogige Brücke, die der Eintönigkeit der Uferauen ein Ende machten.

Die Route Nationale war nicht weit, man hörte die Autos. Dann ging man auf Pflaster.

»Willst du Christian nicht absetzen?«

Mutter hatte immer Angst, lächerlich zu wirken, doch Vater behauptete, Kinder machten niemanden lächerlich.

Er hielt am Rande der Route Nationale an, die mitten durch Pouilly verläuft, und musterte die Hotel- und Restaurant-Terrassen.

Die Straße war blau. Die weißen Häuser waren bläulich angehaucht, doch die Markisen waren rot-weiß gestreift, eine ganz neue hatte einen schönen orangefarbenen Ton.

»Wir könnten noch mit dem Bus nach Hause fahren«, seufzte Maman.

Das Hotel ist schließlich teuer!

Doch das ging nicht! Es war Pfingsten, und man hatte einen zweitägigen Ausflug beschlossen.

Vor einem kleinen Hotel standen grüne Kübel mit Lorbeerbäumchen und eine grün gestrichene Bank. Es war nicht allzu modern, es passte zum Stil der Familie. Vater trat auf den Gehweg, setzte Christian auf die Bank und ließ sich selbst mit einem lauten »Ha! ...« nieder.

Ein »Ha!« der Befriedigung, das »Ha!« eines Mannes, der seine Pflicht erfüllt, sein Ziel erreicht hat und keine Hintergedanken aufkommen lässt.

»Frag erst nach dem Preis ...«

Ja doch! Ja doch! Inzwischen nahm die ganze Familie auf

der halbrunden Bank Platz. Man sah die Autos vorbeirasen. Sie hupten, bevor sie in die Kurve einbogen.

»Zwei Grenadine«, sagte Vater zu dem Mädchen mit der weißen Schürze. »Und du, Maman?«

»Nichts, danke ... Wir essen ja gleich ...«

»Also, zwei Grenadine und – warten Sie – ja, einen kleinen Pernod!«

Ein kurzer Blick zu Mutter, um sie um Verzeihung zu bitten. Aber es war Pfingsten, und er hatte Christian mehr als vier Kilometer auf den Schultern getragen.

Alles Weitere verwirrte sich. Émile war nicht richtig müde, aber sein Kopf glühte, die Augen prickelten vom Staub, und trotz der Grenadine blieb ein unbestimmter Geschmack im Mund, der Geschmack nach den Sommersonntagen, an denen man endlos durch eine reglose Landschaft wanderte.

Vater verschwand im Haus und kam wieder, um mit Maman zu sprechen, natürlich über den Preis. Und natürlich aß man nicht das Menü von der Speisekarte, sondern Suppe und dann ein Gemüse.

Im Restaurant sah man einige Leute, eine geblümte Tapete, Spiegel, Reklamen, eine altmodische Wanduhr. Alle Tische waren gedeckt, in den Gläsern steckten fächerförmig gefaltete Servietten.

Das Mädchen, das sie bediente, war sehr jung, und Émile merkte nichts. Oder vielmehr doch! Später, viele Jahre danach, glaubte er sich zu erinnern, dass Mutter zweimal mit den Achseln gezuckt hatte.

Vater war lustig, vielleicht gar zu lustig, er war es nicht

gewohnt, einen Aperitif zu trinken. Er sah sich begierig um, als wollte er ja nichts von den Festfreuden versäumen.

»Wie weit willst du morgen gehen?«

»Das hängt davon ab … Zehn, zwölf Kilometer können wir auf jeden Fall schaffen.«

Eine Einzelheit, die für Émile bedeutsam war, aber nur für ihn. Er sah, wie eine Tür einen Spaltbreit aufging und jemand in den Speisesaal schaute. Es war ein weißgekleideter Koch mit einer hohen Kochmütze. Es war das erste Mal, dass der Junge etwas aß, das ein richtiger Koch gekocht hatte, zumindest dass er sich dessen bewusst war.

»Soll ich die Kinder ins Bett bringen?«

Émile murrte, aus Prinzip. Er murrte immer, wenn er schlafen sollte. Dabei stolperte er schon vor lauter Müdigkeit, als sie die Treppe hinaufgingen, eine gebohnerte Treppe mit einem roten Läufer in der Mitte, der auf jeder Stufe von einer Messingstange festgehalten wurde. Es war ein altes Haus, ein alter Korridor mit roten Fliesen, alte Zimmer. Das Fenster zur Straße stand offen. Als die Mutter es zugemacht hatte, waren die drei von der Straße abgeschirmt.

Émile lag mit seinem Bruder in einem Bett, obwohl es noch nicht ganz dunkel war. Er stöhnte:

»Mach das Fenster auf …«

Seine Mutter gab nach. Wieder schossen die Autos vorbei, und Stimmen ertönten, erstaunlich deutlich, wie manchmal an Sommerabenden.

»Ich gehe noch einen Augenblick hinunter. Ihr werdet brav sein, nicht wahr?«

Das Zimmer war schon voll Schlaf, und die Tür schloss sich lautlos.

Dann folgte ein inniges Gemisch von Wirklichkeit und Traum. Émile war sich undeutlich bewusst, dass die Stimme seines Vaters von der Terrasse heraufdrang, aber er konnte ihn nicht sehen, wie er auf der Bank saß, während die hübsche kleine Kellnerin ihm seinen Kaffee einschenkte.

In diesem Augenblick ging Mutter hinunter. Sie suchte ihn zuerst im Speisesaal und erschien dann in der Tür.

»Ach, hier bist du ...«, sagte sie.

»Es ist so mild draußen! ... Nimmst du einen Kaffee?«

»Danke.«

»Die Kinder schlafen?«

Die kleine Kellnerin ging hinein. Jemand rief nach ihr:

»Rose! ...«

Rose hieß sie also. Maman setzte sich neben Vater auf die Bank, und beide saßen noch etwa eine Stunde da, während es völlig dunkel wurde. Die Autos jagten immer noch vorbei, und manchmal hatte Émile das beängstigende Gefühl, dass sie durchs offene Fenster hereinkamen und geradewegs auf sein Bett losfuhren.

Ein Lichtschein weckte ihn. Mutter war ins Nebenzimmer gekommen und zog sich aus. Die Tür stand einen Spalt offen.

»Durst ...«, murmelte Émile, um sie herbeizulocken.

»Schläfst du noch nicht?«

»Durst ...«

Christian lag mit rot glühendem Gesicht neben ihm.

»Trink nicht zu schnell ...«

»Wo ist Vater?«

»Er kommt gleich ...«

»Was macht er?«

Er spürte, dass etwas nicht stimmte, achtete aber nicht darauf.

»Er spielt Karten ...«

Das hatte sich einfach so ergeben. Als Maurice Arbelet gerade mit seiner Frau aufs Zimmer hinaufgehen wollte, war jemand in der Tür erschienen – ein dicker, fröhlicher, sympathischer Mann, der gut zu Abend gegessen hatte.

»Pardon, Monsieur – Verzeihung, Madame –, hätten Sie vielleicht zufällig Lust mitzuspielen? Uns fehlt der vierte Mann ...«

Dann kam der Blick, den Vater bei solchen Gelegenheiten der Mutter zuwarf, ein unterwürfiger, netter Blick, der bewirkte, dass Mutter die Achseln zuckte.

»Wenn es dir Spaß macht ...«

»Also, dann bis tausend Punkte! ... Aber nicht mehr! ...«

Jetzt lag Madame Arbelet im Bett, und es fuhren nicht mehr so viele Autos vorbei. Im Haus hörte man ab und zu Gläser und Flaschen klirren und Stimmengemurmel.

Arbelet war etwas erhitzt, das kam vom schlechten Gewissen. Er hätte oben, bei seiner Frau sein sollen. Und er hätte nicht das Gläschen Marc trinken sollen, zu dem seine Mitspieler ihn genötigt hatten.

Das waren entweder Junggesellen oder Leute, die sich nicht um ihre Familie kümmerten. Sie waren es gewohnt, im Café zu sitzen, zu trinken, Karten zu spielen und den Kellnerinnen hinterherzuschauen.

»Ich steche und spiele Kreuz König aus. Bitte, Monsieur ...«

Der Saal war leer. Sie waren die einzigen Gäste. Es war ein stiller, etwas altmodischer Kaffeehaussaal, neben dem Restaurant. Der Wirt, der noch immer seine Kochmütze trug, stand hinter dem dicken Herrn, mit dem er bekannt zu sein schien, und sah seinem Spiel zu.

»Ich spiele sehr selten«, murmelte Arbelet, um sich für einen Fehler zu entschuldigen.

Durch die Tür zum Restaurant sah man Rose die Tische abdecken. Sie war sicher nicht älter als sechzehn.

Émile schlief. Christian schlief. Madame Arbelet lag mit offenen Augen da und wartete. Ein matter Lichtschein, der von draußen kam, erfüllte das Zimmer.

Man spielte noch einmal bis tausend Punkte und erhöhte zu guter Letzt auf fünfzehnhundert. Zum Schluss saß der Wirt rittlings auf einem Stuhl hinter Arbelet.

Sie hatten schon zwei Runden ausgegeben, als der Wirt auf eine dritte einlud. Das konnte man unmöglich ablehnen.

»Hundertfünfzig von neun!«, verkündete Arbelet.

Einen Augenblick vorher war Rose gekommen, um zu fragen:

»Kann ich jetzt hinaufgehen?«

Und Arbelet hatte den Eindruck, dass der Wirt ihr unmerklich zuzwinkerte. Der Gedanke, dass dieser Mann nachher vielleicht die Kleine in ihrer Kammer besuchen würde, verwirrte und erregte ihn. Er konnte es nicht verhindern, dass er die ganze Zeit daran dachte und sehr deutliche Bilder heraufbeschwor.

»Haben Sie keinen Trumpf mehr?«

»Verzeihung ... Ich habe die Zehn ... Entschuldigen Sie bitte ...«

Die Lampen waren fast alle gelöscht. Nur zwei brannten noch über dem Tisch der Spieler.

»Da! ... Sie haben gewonnen! ...«

Als er lachte, wurde ihm klar, was mit ihm los war, denn dieses Lachen kannte er an sich.

›Hoffentlich merkt sie es nicht ...‹, dachte er.

Er stieg, ans Geländer geklammert, die Treppe hinauf und schaffte es mit etwas Mühe, die richtige Zimmertür zu finden. Doch dann stieß er einen Stuhl um und wäre um ein Haar selbst hingefallen.

»Warum machst du kein Licht?«, fragte eine Stimme vom Bett her.

Er begriff, dass seine Frau noch nicht geschlafen hatte, dass sie mit offenen Augen dalag und ganz ruhig war.

»Wegen der Kinder ...«

»Du weißt doch, dass sie nicht aufwachen ...«

Er vollbrachte Kunststücke, damit seine Frau sein Gesicht nicht zu sehen bekam, denn sonst hätte sie es sofort erraten; doch sie hatte es sowieso schon bei seinem Gepolter gemerkt. Sie fragte, übrigens ohne jeden Vorwurf:

»Was hast du denn getrunken?«

»Ein Gläschen Marc ... Der Patron ...«

Er legte sich ins Bett, murmelte »Gute Nacht«, berührte mit den Lippen eine Wange und merkte kaum, dass er vergessen hatte, das Licht zu löschen, und dass seine Frau aufstehen musste, um es auszumachen.

14

Dann kam ein Loch – ein Loch, in dem es von unangenehmen Empfindungen und formlosen Träumen wimmelte. Zwei-, dreimal schien es ihm, dass seine Frau sich über ihn beugte und ihn zwang, sich wieder auf die rechte Seite zu drehen.

Dann wachte er mit einem Ruck auf, saß auf seinem Bett, stand schließlich auf dem Teppich.

»Was hast du?«

Sprechen konnte er nicht, das wäre gefährlich gewesen, darum deutete er seine Übelkeit durch eine Geste an. Er schlüpfte in seine Hose, zog seine Jacke über und stürzte auf den Gang hinaus. Er suchte nach der Tür mit dem erhofften Zeichen darauf, konnte sie aber nicht finden und stieg im Dunkeln ins Erdgeschoss hinunter.

Da hörte er eine Art Grunzen, und im nächsten Augenblick stieß er an etwas an – es war ein Pantoffel, in dem ein Fuß steckte, und das Ganze hing merkwürdigerweise in der Höhe seines Bauchs in der Luft.

Er begriff nichts. Etwas rührte sich, eine Glühbirne leuchtete auf, und jetzt erkannte er, dass ein Mann auf dem Sofa im Gang lag und die Beine über die Armlehne ausgestreckt hatte.

»Was wollen Sie?«

Ob der Mann wohl verstand? Jedenfalls wies er auf eine Tür hinten im Gang, die in den Hof hinausführte. Im spärlichen Licht der schwachen Glühbirne war alles grau und schäbig.

»Ich …«

Doch es war zu spät, Arbelet erreichte die Tür nicht

mehr. Er erbrach sich auf die Fliesen des Gangs, voller Angst, dass seine Frau es oben hören könnte.

Nun da er angefangen hatte und man ohnehin saubermachen musste, konnte er die Sache auch hier zu Ende bringen! Zwischen zwei Rülpsern empfand er das Bedürfnis, sich durch ein vages Lächeln zu entschuldigen. Er murmelte:

»Ich weiß nicht, was ich gegessen habe ...«

Er hielt sich an dem Messingknauf des Treppengeländers fest. Auf dieser Seite war es dunkel. Das andere Ende des Gangs war schwach erhellt, und dort sah man das rötliche Ledersofa, das dem Mann als Schlafstätte diente, und schließlich den Mann, der davorstand und übernatürlich groß wirkte.

Arbelet hatte ihn zweimal angesehen, ohne ihn recht zu sehen, das heißt, er hatte nur eine massige Gestalt in einem zerlumpten alten Anzug und ausgetretenen Pantoffeln wahrgenommen.

Jetzt, wo ihm besser war, wandte er sich nach ihm um.

»Könnte ich ein Glas Wasser haben?«

Der Mann schlurfte in die dunkle Gaststube, stieß Gläser aneinander, drehte einen Wasserhahn auf. Dann zeigte er sich wieder im Licht, und Arbelet sah sein Gesicht. Er erfasste es nicht gleich, er hatte Zeit, das Glas zu ergreifen und an die Lippen zu setzen, ehe er heftig zusammenfuhr.

»Onkel Félix ...«

Offenbar tat das Licht den verquollenen, rot unterlaufenen Augen weh, denn der Mann verzog das Gesicht zu einer Grimasse, während er den Kopf hob und den Eindringling musterte.

Dann brummte er nur:

»Du bist das?«

Und während sein Neffe aus purer Verlegenheit trank, fügte er hinzu:

»Wie kommst denn du hierher?«

»Ich bin in Nevers, schon seit drei Jahren ...«

»Mit deiner Frau?«

Er war schläfrig. Er war riesenhaft, nicht wie ein kräftiger Mensch, sondern wie eine aufgequollene Masse, von schwabbeligem Fett und ungesunden Säften aufgedunsen, und er schwankte im Stehen langsam hin und her, sodass man seekrank hätte werden können.

»Und Sie?«, fragte Arbelet, ohne nachzudenken.

»Ich?«

Als ob es sich zu fragen lohnte! Man brauchte nur das Sofa anzusehen, auf dem der schwere Körper eine Mulde hinterlassen hatte.

Hier konnte nur der Nachtwächter schlafen. Sein Bart war ein paar Tage alt, ein Dickicht von harten, grauen Stoppeln, die Haare hatte er sich wahrscheinlich selbst mit der Schere zurechtgestutzt.

»Es hat keinen Sinn, Germaine etwas zu sagen ...«, murmelte er ohne große Überzeugung. »Ich will sie lieber nicht sehen ...«

»Aber seit wann sind Sie ...«

Der Mann begnügte sich mit einer gleichgültigen Geste, als wollte er sagen:

›Wozu das alles? ... Schade um unsere Zeit ...‹

Er war schläfrig. Er roch nach altem Schweiß, nach ungewaschenem Menschen, und als er zu Boden sah, fiel ihm ein, dass er noch die Sauerei von seinem Neffen wegputzen musste.

»Geh wieder hoch!«

Arbelet wusste nichts mehr zu erwidern und ging langsam die Treppe hinauf. Einmal noch drehte er sich schüchtern um, dann kehrte er, völlig nüchtern, in sein Zimmer zurück.

»Geht es dir besser?«, fragte Germaine beunruhigt.

»Ja, es ist vorbei …«

»Was hast du denn?«

In diesem Augenblick wachte Émile auf. Er sah Licht im Zimmer der Eltern, der Vater ging am hellen Rechteck der offenen Tür vorbei.

»Nichts … Ein verdorbener Magen …«

»Hoffentlich hast du dich nicht erkältet. Warst du draußen im Hof?«

»Nein …«

»Mit wem hast du geredet?«

Arbelet zog sich aus, und der Junge hörte unwillkürlich zu.

»Mit niemandem … Das heißt, mit dem Nachtwächter …«

»Du bist so komisch …«

»Ich?«

»Nicht so laut … Du weckst noch die Kinder auf …«

Dann begannen sie zu flüstern, aber merkwürdigerweise verstand Émile sie besser, als wenn sie mit halblauter Stimme sprachen.

»… es ist besser, wenn du ihn nicht siehst …«

»Wen?«

»Deinen Onkel Félix … Er schläft unten im Gang …«

»Als Nachtwächter? Was hat er dir gesagt?«

»Ach – nichts …«

Sie hatten das Licht gelöscht, aber das Zimmer war vom matten Widerschein einer Straßenlaterne erhellt.

»Weiß er, dass ich hier bin?«

»Ja …«

»Und er wollte mich nicht sehen?«

Es gab lange Pausen, in denen man nur Christians regelmäßige Atemzüge hörte.

»Es war mir so peinlich! … Und jetzt fällt mir etwas ein … Er – das ist wirklich …«

»Was denn?«

»Er muss jetzt … Weißt du, Germaine, ich bin nicht mehr bis in den Hof gekommen – verstehst du? … Es ist noch im Gang passiert. Und dein Onkel Félix muss jetzt …«

Eine Bewegung. Das Bett knarrte.

»Ich gehe lieber hinunter …«

»Sag, Maurice … Hast du Geld bei dir?«

»Dreihundert Franc ungefähr.«

»In meiner Tasche sind zweihundert … dort auf dem Kamin …«

Émile erkannte das charakteristische Zuschnappen der Handtasche. Dann schlief er ein, ohne es zu merken, und als er die Augen aufschlug, drang der Autolärm mit der Morgensonne durch das offene Fenster ins Zimmer.

2

Die Begegnung mit Arbelet hatte für Félix weder etwas am üblichen Verlauf der Nacht noch an seiner Laune geändert. Er hatte Besen und Putzlumpen aus dem Schrank geholt und ohne Eile den Fußboden gesäubert. Dabei brummte er:

»Eine Scheiße ist das!«

Doch damit meinte er nicht seine augenblickliche Tätigkeit. Er dachte weder an seinen Neffen noch sonst an etwas Bestimmtes.

Wenn er mit sich selbst sprach – oft kaute er auf einem Satzfetzen oder auf einzelnen Wörtern herum, bis sie unverständlich wurden –, meinte Félix niemals einen bestimmten Menschen oder eine bestimmte Sache.

Er sagte ganz allgemein:

»Eine Scheiße ist das!«

Um ihn zu verstehen, hätte man in seiner Haut stecken, erlebt haben müssen, was er erlebt hatte; Nachtwächter sein, krank und angefault in jeder Faser seines Körpers, stinken, dass man es selbst merkt, sich beim Schlafenlegen jedes Mal fragen, ob das alte Gerippe morgen früh noch imstande sein würde, sich wieder zu erheben.

»Eine Scheiße ist das!«

Kein bestimmter Mensch. Vielleicht nicht einmal die Menschen im Allgemeinen. Aber zum Beispiel er selber! Er, Félix, und alles, was ihm zustieß. Das Leben! Oder das Schicksal! Oder auch …

Oft, fast jede Nacht, besonders wenn die Geschäftsreisenden ihn aus dem ersten Schlaf rissen, schimpfte er auch:

»Ich bring noch mal einen um …«

Der Wirt hatte es mehrmals gehört, Thérèse auch und sogar die kleine Rose. Er machte kein Geheimnis daraus. Er meinte es auch nicht scherzhaft. Er brummte es vor sich hin, während er seine Arbeit tat, und war überzeugt, dass es eines Tages so kommen würde.

Unterdessen putzte er den Fußboden sauber und ging dann ins Café, um auf der Wanduhr, die er mit seiner Taschenlampe anleuchtete, nach der Zeit zu sehen.

Zehn Minuten vor eins. Sogar das Zifferblatt einer Uhr, zwei Zeiger in einem bestimmten Winkel zueinander, hatte für ihn nicht die gleiche Bedeutung wie für die anderen.

Zehn Minuten vor eins, das hieß, dass es sich nicht mehr lohnte, sich noch einmal auf das rötlich braune Sofa im Korridor zu legen. Ein neuer Abschnitt der Nacht begann, denn jetzt bestand keine Gefahr mehr, dass Gäste eintreffen würden.

Immerhin ließ Félix für diesen unwahrscheinlichen Fall die Hintertür, die auf den Hof ging, offen. Jedes Mal wenn er sie aufmachte, traf ihn der gleiche feuchtkalte Lufthauch, und rechts, wo der Hund sich in der Hundehütte rührte, war ein leises Kettenrasseln zu hören.

Félix zündete seine Pfeife an. Wenn er sich umdrehte, erblickte er manchmal ein beleuchtetes Fenster: ein Gast, der krank war oder nicht schlafen konnte und las.

Das konnte ihm egal sein. Er ging durch den Hof bis zum einstigen Pferdestall, aus dem man eine Garage gemacht hatte. Neben der Tür fand er die alten Gummistiefel, die er mit Schlauchstücken geflickt hatte. Er drehte den Schalter, und eine klägliche Glühbirne, fünfundzwanzig Watt, glomm in dem verschwommenen Grau auf.

Der Hund hatte sich wieder in seiner Hütte hingelegt. Félix bewegte sich sehr langsam, erstens, weil es keinen Zweck hatte, sich zu beeilen, und dann, weil ihm mehr oder weniger alles weh tat.

Er näherte sich den dunklen Umrissen, die sich von dem Halbdunkel abhoben. Das waren die Autos der Gäste, meistens Serienwagen, doch manchmal war auch ein Luxusmodell darunter.

Das Weitere hing davon ab, wie viele er zu waschen hatte, eins, zwei oder drei. Das Wasser war eisig, auch im Sommer. Es gab einen alten Gartenschlauch, aber der Wasserstrahl war nicht stark genug, um den eingetrockneten Schmutz von den Karosserien und besonders von den Rädern zu lösen.

»Ich bring noch mal einen um ...«

Das sagte er, während er die Autos wusch. Manchmal irrte er sich auch und sagte:

»Ich bring noch mal eine um ...«

Und wenn man es genau bedachte, so konnte er damit eigentlich keine Frau meinen, sondern eine dieser Bestien, denn für ihn waren die Autos dreckige Bestien, mit ihren heimtückischen Schmutzwinkeln, mit ihren blanken Flächen, auf denen der Schwamm Streifen hinterlässt, wenn man ihn nicht oft genug ausspült – dreckige Bestien mit ihren harten, scharfen Kanten, die extra dazu da sind, einem die Haut aufzuscheuern.

Die Zigarettenkippen im Inneren nicht vergessen! Die Gäste ließen nie den Zündschlüssel stecken, sodass Félix die Wagen selber herumschieben musste, wobei er das Lenkrad durch das offene Fenster drehte.

Eine Scheiße war das! Alles miteinander! Wenn es nur zwei Wagen zu waschen gab, war er um vier Uhr früh fertig, gerade wenn man die ersten Lastwagen zum Markt von Nevers fahren hörte.

Félix suchte sich einen der frischgewaschenen Wagen aus, den größten, und machte es sich auf dem Rücksitz bequem. Anderthalb Stunden konnte er noch schlafen.

Unangenehm war die Geschichte für seinen Neffen, nicht für ihn. Er hatte schließlich auch kaum darüber nachgedacht, eigentlich überhaupt nicht, bis auf den Augenblick, in dem er sich seine Nichte im Bett vorgestellt hatte. Und das war ganz mechanisch geschehen …

Jetzt war es hell, und der Hofhund zerrte an seiner Kette. Félix kletterte mühsam aus seinem Auto und begab sich ins Café.

Alles war auf die Minute eingeteilt. Das war noch das Beste im Leben. Man muss wissen, wohin man geht und was einen an jeder Wegbiegung erwartet.

Hinter der Theke gab es einen kleinen einflammigen

Gaskocher mit einem roten Gummischlauch. Man roch das Gas eine ganze Weile, ehe es sich mit dem immer gleichen Puffen entzündete, und Félix füllte den Topf am Wasserhahn.

Er brauchte nicht besonders hinzuhorchen. Ein anderer hätte vermutlich überhaupt nichts gehört, aber verdorben, wie er war, entging ihm nicht der leiseste Laut. Er hätte gehört, wie am anderen Ende des Hotels eine Ratte in ihr Loch schlüpfte.

Das ging niemanden etwas an, so war er eben. Und was er hörte, sah er auch – so deutlich, als wäre er dabei! Drei Zimmer weiter im ersten Stock, just über dem Kronleuchter im Speisesaal, stand jetzt der Patron auf. Der Kronleuchter vibrierte kaum. Man merkte es nur, wenn man es wusste, aber er merkte es!

Der Patron hätte keineswegs so früh aufstehen müssen. Er ging nicht auf den Markt einkaufen, Fleisch, Fisch und Gemüse wurden ihm ins Haus geliefert. Und der Kaffee, den die Gäste vor acht Uhr vorgesetzt bekamen, war aufgewärmt, auf dem Gaskocher von Félix.

Trotzdem stand der Patron schon auf.

Er hatte keine Lust dazu! Er war noch so schläfrig! Er war immer schläfrig, von früh bis spät. Er war müde, hatte eine ungesunde Gesichtsfarbe, dunkle Ringe um die Augen, keinen Appetit.

Doch er stand auf, möglichst leise, um seine Frau nicht zu wecken. Er griff nach seiner Hose, stopfte das Nachthemd hinein, fuhr in seine Pantoffeln und stürmte auf den Korridor hinaus.

Und alles wegen Rose! Wenn Rose nicht da gewesen wäre, hätte es genauso gut eine andere sein können. So war der Patron eben. Er passte ja auch jeden Tag den Augenblick ab, in dem Thérèse in den Weinkeller ging, um hinter ihr herzurennen – und Thérèse war alles andere als schön und hatte immer ihren fünfjährigen Bengel an den Röcken hängen.

Félix wusste alles. Alles, was im Haus vorging! Was ein jeder trieb und wie ein jeder sich wusch!

Er nahm sich gerade genug Zeit, den Kaffee hinunterzustürzen, den er sich gekocht und mit drei Stück Zucker gesüßt hatte. Auch gerade genug Zeit, um zu hören oder vielmehr zu erraten, dass am anderen Ende des Hauses, in der Dachkammer im zweiten Stock, Thérèses Wecker klingelte.

Er durchquerte den Hof und ging wieder in die Garage, wo es kaum heller war als nachts. Nur durch die offene Tür kam etwas Tageslicht herein.

Hier gab es Hühner, allerlei Werkzeug und Geräte, Kisten, Fässer, und in der Höhe eines normalen ersten Stockwerks verlief eine Art Galerie, zu der man über eine Leiter gelangte. An einer Stelle dieser Galerie bildeten Säcke und ein Stück Zeltleinwand einen Verschlag und verhinderten, dass man von unten eine eiserne Bettstatt und einen Wasserkrug sehen konnte. Dieses Interieur bildete die Behausung von Félix.

Häufig kamen im Laufe des Tages Gäste in die Garage, um sich ihre Angelegenheiten zu erzählen, weil sie glaubten, dass niemand sie hier höre. Keiner hätte geahnt, dass der Alte genau über ihnen lag und nur den Kopf zu senken brauchte, um sie durch die Löcher in seinen Wandbehängen zu sehen!

Das war aber nicht alles! Félix stieg auf zwei aufeinanderstehende Kisten. Vielleicht würde er einmal von diesem wackligen Gerüst stürzen und sich zwischen den Autos unten das Genick brechen. Aber vorerst hievte er sich jeden Morgen auf die Kisten. Von hier konnte er durch eine Luke hinaussehen, die keine richtige Dachluke war, sondern vor zweihundert oder vierhundert Jahren Gott weiß welchen Raum erhellt hatte. Wurde nicht behauptet, dass die Garage einst das Hauptgebäude gewesen war?

Direkt gegenüber war das Fenster von Roses Kammer, und da dieses Fenster nur auf ein Dach hinausging, besaß es keinen Vorhang. Meist stand es offen, und wenn seine Luke nicht mit Kitt abgedichtet gewesen wäre, hätte Félix auch alles hören können.

Täglich die gleiche Komödie, seit es vor drei Monaten zum ersten Mal passiert war! Vorher hatte Thérèse in dieser Kammer gewohnt, und mit ihr war es ganz anders abgelaufen, weil sie Erfahrung hatte.

Als Rose ihren Dienst antrat, war Monsieur Jean, wie man den Patron nannte, in der ersten Zeit immer um sie herumgestrichen. Er lachte so komisch und erfand alle möglichen Vorwände, um in irgendeiner Ecke mit ihr allein zu sein. Das ging so weit, dass er ihr das Schuhputzen beibrachte, weil das immer in der Waschküche gemacht wurde!

Dann hatte Félix ihn eines Morgens hineingehen sehen,

als die Kleine nur ihre Unterhose am Leibe hatte, und sie hatte sich das Handtuch vor die Brust gehalten.

Jetzt stellte sie sich bis zum letzten Moment schlafend. Fünf Minuten später war alles vorbei, und der Patron ging wieder. Als hätte er das Bedürfnis, sich tüchtig zu schütteln, sah man ihn dann unten hin- und herlaufen, den Ofen schüren, die Fensterläden aufstoßen, auf die Straße hinaustreten, im Hof Umschau halten.

Félix blieb inzwischen noch auf seinem Posten und sah Rose zu, die sich träge ankleidete.

»Eine Sch…«

Nein! Er sagte eher:

»Ich bring noch mal einen um …«

Warum nicht:

»Wenn ich einmal eine erwische …«

Niemand wusste, dass er da war! Niemand kannte ihn! Alle, so wie sie waren, sogar Madame Fernande, die Patronne, die zwei Fenster weiter wohnte, kamen und gingen, ohne zu ahnen, dass er ihre intimsten Handlungen belauschte.

Für Madame Fernande war es noch zu früh am Morgen. Sie stand erst nach acht auf und beendete ihre Toilette nicht vor zehn. Allein für ihre Frisur und die Fingernägel brauchte sie eine Stunde.

Im Grunde hatte der Patron also drei, ohne die anderen, die Gelegentlichen, zu zählen, und diejenigen, die er in Nevers oder La Charité besuchte.

»Was machen Sie denn da?«

Fast wäre er von seinem Ausguck hinuntergepurzelt,

27

nicht aus Angst, sondern weil er überrascht worden war. Aber es war nichts Besonderes, nur Thérèse, die mit ihren vierundzwanzig Jahren schon ganz abgelebt und verblüht war. Sie war schmutzig und boshaft. Ihr Mann war ein Pole, der im Steinbruch von Tracy, fünfzehn Kilometer entfernt, arbeitete und sie nur besuchte, wenn er besoffen war.

»Lassen Sie mich auch sehen, Sie altes Schwein …«

Ohne abzuwarten, dass er ihr den Platz überließ, schwang sie sich zu ihm herauf und besah sich die Szene.

»Na ja …«

Der Patron war noch in Roses Kammer, und Thérèse bemerkte:

»Wenn man denkt, dass er den ganzen Tag scharf darauf ist! … Aber was wollte ich eigentlich? … Ach ja! Nummer drei reist ab, Sie sollen den Wagen auftanken …«

Minute um Minute, Schritt für Schritt, Feld um Feld setzte sich das Haus in Bewegung, die Räder griffen ineinander.

Die schon hoch stehende Sonne brannte heiß. Sie verscheuchte den leichten Dunst über der Loire und trocknete die Straße, wo die Nacht große, feuchte Flecken hinterlassen hatte.

»Hast du Frühstück bestellt?«

Maurice Arbelet war fast fertig. Er stand am offenen Fenster, während seine Frau Christian anzog, der wie jeden Morgen eine halbe Stunde brauchte, um richtig wach zu werden.

»Glaubst du, man muss das Frühstück hier nehmen?«

Wieder eine Geldfrage! Émile beeilte sich zu erklären:

»Ich habe Hunger ...«

Worauf seine Mutter erwiderte:

»Wir kaufen uns beim Bäcker frische Croissants und essen sie unterwegs ...«

Warum sollte man auch sechs Franc für ein Frühstück bezahlen, das aus Kaffee und zwei Croissants bestand?

»Meinst du nicht, dass die Kinder zu müde sind, um zu Fuß weiterzugehen?«

Müde war Arbelet selbst, aber das traute er sich nicht zu sagen. Er fühlte sich flau, der Kopf tat ihm weh.

Man hörte, wie Thérèse die Café-Terrasse in Ordnung brachte und ein paar Eimer Wasser über das Pflaster schüttete. Vor irgendeiner Haustür redeten Leute mit erhobener Stimme. Der Tag war noch fast neu.

»Gehen wir erst einmal ein paar Kilometer. Den Bus können wir dann überall nehmen, dazu ist immer noch Zeit ...«

Maman trocknete die Zahnbürsten ab, packte die Seife in ein Stück Papier, rollte ein Handtuch zusammen und verstaute alles in der großen Handtasche, die für diese Ausflüge diente.

Sie vergaß zuerst den Kamm, dachte aber noch rechtzeitig daran. Arbelet sagte:

»Ich gehe schon hinunter ...«

Émile rief natürlich gleich:

»Ich auch!«

»Nein, du bleibst bei mir ...«, befahl Mutter, die an Onkel Félix dachte.

Und ihr Mann, der ebenfalls an ihn dachte, warf ihr einen Blick des Einverständnisses zu.

Sollte man mit dem Onkel reden oder lieber nicht? Auf jeden Fall durften die Kinder nicht erfahren, dass ein Familienmitglied auf der Stufenleiter der Lebewesen so tief gesunken war.

Die erste Person, der Arbelet beim Hinuntergehen begegnete, war Rose, die nach Seife roch und es sehr eilig hatte.

»Pardon, Monsieur …«

»Aber, bitte!«

Sie setzte in großen Sprüngen die Treppe hinunter. Sie war sicher kaum sechzehn!

»Frühstück für Sechs und Sieben, schnell!«, rief ihr der Wirt entgegen, als sie das Café betrat.

Nummer sechs und sieben, das war die Familie Arbelet, und Maurice griff ein.

»Lassen Sie nur … Wir nehmen kein Frühstück …«

»Keinen Kaffee?«

»Nein, nicht so früh am Morgen, danke …«

Arbelet spürte, dass er rot wurde, wie immer, wenn es um Geld ging, und ärgerte sich darüber.

»Machen Sie mir bitte die Rechnung fertig …«

»Das ist schnell geschehen … Vierzig und dreißig – siebzig Franc.«

Das war natürlich mehr, als Arbelet erwartet hatte! Es war immer mehr!

»Und dann noch die Getränke von gestern Abend … Sie hatten eine Runde, nicht wahr? … Dazu ein Glas Marc, zwei Grenadine, einen Aperitif …«

Maman kam die Treppe herunter, und Arbelet beeilte sich zu zahlen, um den Wirt zum Schweigen zu bringen.

Er hörte, dass jemand im Hof die Benzinpumpe betätigte, wusste aber nicht, dass es Onkel Félix war. Ein Gast trat ein, einer der Kartenspieler am Abend vorher. Am Ende würde der auch noch von den Runden anfangen!

»Wir gehen schon vor«, verkündete Maman.

In diesem Moment hieß das:

»Ich gehe mit den Kindern zum Bäcker, Croissants kaufen.«

»Gut! … Ich zahle nur noch und komme gleich nach.«

Er hatte Lust auf eine Tasse Kaffee. Es war lächerlich, so große Lust auf Kaffee zu haben und daraus eine Gewissensfrage zu machen, aber so war es. Er winkte Rose herbei und fühlte sich schon schuldig, weil er sie auf eine bestimmte Art ansah.

»Mademoiselle … Bringen Sie mir bitte eine Tasse Kaffee …«

Er sah, wie seine Familie, Maman mit einem Kind an jeder Hand, die Straße überquerte. Man hätte meinen können, dass die Natur schon schwitzte, die Stadt roch nach Sommer, und als Rose sich vorbeugte, um ihm den Kaffee hinzustellen, ertappte er sich dabei, dass er tief einatmete, um ihren persönlichen Geruch aus allen anderen Morgengerüchen heraus zu erkennen.

»Mit Schnaps?«

Er verstand nicht sofort.

»Nein! Danke … Nur ein Stück Zucker …«

Warum spähte er durch die offenen Türen? Warum hatte

er kein reines Gewissen? Doch nicht wegen des Onkels! Und sicher auch nicht wegen der Partie Belote und der drei Gläschen Marc!

Er konnte in die Küche sehen, wo in einer Ecke eine sehr dicke alte Frau saß und Gemüse putzte. Draußen wischte Thérèse tief gebückt den Randstein mit einem feuchten Tuch auf, und ihr Kleid schob sich hoch über die nackten Beine hinauf.

Hinter der Theke betrachtete der Wirt versonnen eine Speisekarte, die er noch nicht geschrieben hatte, und Arbelet staunte plötzlich, dass er keine zweiunddreißig Jahre alt war.

Warum staunte er? Was war an diesem Haus so merkwürdig? Inwiefern war das Los des Wirtes vom Weißen Ross beneidenswerter als das eines beliebigen anderen Menschen?

»Rose! ... Sieh nach, wie viele Hühner noch im Kühlschrank sind ...«

Die Arbelets hatten keinen Kühlschrank, gedachten aber einen zu kaufen. Huhn aßen sie nur selten. In ihrem Haus gab es keine Überraschungen hinter offenen Türen, keinen Hof, in dem ein Automotor brummte, keine Schnellstraße vor der Tür, keinen Metzger gegenüber, keine Lorbeerbäumchen in grünen Kübeln ...

Keine ...

Er gab zehn Franc Trinkgeld, mit schlechtem Gewissen, denn er hätte es seiner Frau nicht zu sagen gewagt. Er hörte, wie hundert Meter weiter die Ladenglocke der Bäckerei anschlug, in die seine Familie soeben eintrat.

Beschämt stürzte er seinen Kaffee hinunter. Er wäre gerne noch geblieben, ohne besonderen Grund, aber er riss sich vom Weißen Ross los und ging mit großen Schritten vor der Bäckerei auf und ab. Die Bäckerin griff mit der Hand in das Glasgefäß mit den roten und grünen Bonbons, um die Christian wahrscheinlich gebettelt hatte.

Maman zählte das Geld sorgsam Stück für Stück auf die Marmorplatte. Arbelet hörte sie beim Hinausgehen sagen:

»Nicht auf der Straße ... Das gehört sich nicht ...«

Sie durften die Croissants nicht essen, solange sie noch in der Stadt waren. Eins stand jetzt schon fest: Sie würden alle Durst haben! Besonders Émile, der ständig durstig war!

»Im nächsten Dorf ...«, versprach Maman.

Und der Junge würde alle hundert Meter fragen:

»Kommt das nächste Dorf bald?«

»Schau nur immer geradeaus, dann geht's schneller ...«

War es der Gedanke an die vertraute Mahnung, der bewirkte, dass Arbelet seinem Wunsch zurückzublicken nicht länger widerstand?

Fühlte er sich dermaßen schuldig, dass er sich verpflichtet glaubte zu sagen:

»Ich habe versucht, ihm noch einmal zu begegnen ...«

»Hast du ihn gesehen?«

»Nein ... Wir müssten wirklich etwas für ihn tun ...«

»Meinst du nicht, dass wir schon genug getan haben?«

Christian mit dem großen Kopf auf dem rundlichen kleinen Körper stolperte schon bei jedem Schritt, weil er zu weit nach vorne sah, über die sichtbaren Dinge hinaus.

Émile stieß einen Stein mit dem Fuß vor sich her und wunderte sich, dass er nicht ermahnt wurde, seine Schuhe zu schonen.

»Man kann ihn doch nicht in dieser Situation lassen«, sagte der Vater.

»Wer ist denn schuld daran?«, erwiderte die Mutter. Und da Émile den Kopf hob, fügte sie hastig hinzu:

»Sprechen wir jetzt nicht davon …«

»Wer ist das, Maman?«

»Wer?«

»Der Mann in der Situation …«

Sie verließen die Straße und bogen rechts in einen Feldweg ein, der zur Loire hinunterführte.

»Gib ihnen die Croissants …«

Auf den Brennnesseln am Wegrand lag noch Tau, und in dem eingetrockneten Schlamm am Boden waren die Hufspuren einer Kuhherde zu erkennen.

Mutter seufzte wie immer:

»Wie das duftet! …«

Arbelet hätte gerne noch einmal zurückgeblickt. Er war traurig. Nein: griesgrämig. Beides! Und vielleicht irgendwie beunruhigt …

Madame Fernande, die Wirtin vom Weißen Ross, eine schöne dreißigjährige Frau mit vollen, weichen Formen und einem ebenmäßigen, sanften Gesicht, öffnete ihr Fenster der Morgensonne, und Millionen von Staubkörnchen entschlüpften dem Bett, um in die leuchtende Natur hinauszuschweben.

Einige Meter weiter gab es das Garagendach mit den alten Ziegeln und in diesem Dach eine trübe Luke, an die niemand je gedacht hatte.

Erst gegen zehn Uhr, als Madame Fernande zur Kasse hinunterging, konnte sich der alte Félix auf seinem Eisenbett ausstrecken und sich, gleichgültig gegenüber den Geräuschen und Bildern des Hauses, in den schweren Schlaf eines kranken Tieres versenken.

»Isst du es nicht mehr?«, fragte Madame Arbelet ihren Mann und deutete dabei auf das letzte Croissant.

Sie teilte es zwischen den beiden Kindern auf.

3

Man erfuhr sozusagen nichts. Gab es denn wirklich etwas zu erfahren? Hie und da schnappte man ein paar Brocken auf, Teile von Ereignissen, die noch gar nicht existierten, sondern sich erst in Zukunft als solche erweisen würden.

Fäden verknüpften sich – das war es. Nein, auch das nicht. Sie vermengten sich miteinander, die Fäden von mehreren Schicksalen, drei oder auch vier, mehr vielleicht, wobei unklar war, ob sich daraus ein Knoten ergeben würde.

Es fing mit der alten Nine an. Sie saß in der Küche, in einem Winkel am Fenster, von dem sie sich den ganzen Tag nicht wegrührte. Wie immer häuften sich die Kartoffelschalen auf der blauen Schürze in ihrem Schoß an, ein Eimer mit Wasser, der zwischen ihren Filzpantoffeln stand, wartete auf die Kartoffeln. Wie auf den Bildern der alten Niederländer erhellte das schräg einfallende Tageslicht nur ihre Gestalt, während die übrige Küche im Halbdunkel lag.

Wer war zu dieser Zeit anwesend, und wie viel Uhr war es überhaupt? Jedenfalls war es Donnerstag, denn der Sohn von Thérèse war nicht in der Schule. Er lungerte im Hof herum und überlegte, welchen Unfug er als Nächstes anstellen könnte.

Es war noch nicht zehn. Die Luft im Hof war reglos, fast klebrig. Die Benzinpumpe, die im prallen Sonnenlicht stand, leuchtete blutrot. Nines Kartoffeln plumpsten Stück für Stück in den Eimer und ließen das Wasser aufspritzen.

»Was war denn heute Morgen los?«

Thérèse war mit irgendeiner schmutzigen Arbeit beschäftigt, sie hatte die Ärmel hochgekrempelt und schwarze Flecken im Gesicht. Der Wirt war auch da, er holte Lebensmittel aus dem Kühlschrank.

Wenn Nine sprach, wandte sie sich nie an eine bestimmte Person und schien auch keine Antwort zu erwarten. Sie leierte mit unbewegtem Gesicht ihren Satz herunter, um einen Gedanken loszuwerden, der ihr im Kopf herumging. Wenn der Gedanke draußen war, kümmerte sie sich nicht mehr darum. Es war ihr egal, ob jemand ihn aufgriff.

»Das junge Ehepaar ...«, antwortete Thérèse übellaunig.

»Was war mit dem jungen Ehepaar los?«, mischte sich der Wirt misstrauisch ein.

Es war nichts, weniger als nichts. Seit vierzig Jahren saß Nine immer in demselben Winkel, wo die Wassersucht sie langsam aufgebläht hatte, und putzte Gemüse – da war es doch ihr gutes Recht, ab und zu einen Satz vor sich hin zu sprechen, und Thérèse hatte das Recht zu antworten. Und der Patron hatte das Recht nachzufragen!

»Sie haben sich um vier Uhr wecken lassen, um fischen zu gehen«, brummte Thérèse.

Monsieur Jean warf ihr einen bösen Blick zu, denn er mochte es nicht, wenn sich jemand beklagte.

»Was geht es dich an? Hast du etwa aufstehen müssen?«

»Nein, Félix …«

»Na und?«

»Gar nichts!«

Dabei war es ein wunderschöner Morgen, wie man ihn als Kind nur ein paarmal erlebt hat, ein Morgen, der einem als Inbegriff des Sommers in Erinnerung bleibt.

Riri, Thérèses Junge, trug eine verwaschene rot karierte Kittelschürze. Er hielt die Hände in den Taschen und amüsierte sich damit, Kieselsteine mit der Schuhspitze herumzustoßen.

Nine hatte den Mund halb geöffnet, als lächelte sie. Man wusste nicht recht, ob es ein ständiges Lächeln war oder eine Eigentümlichkeit ihrer Lippen. Sie sah so seltsam aus, dass man ihren Gesichtsausdruck sowieso nicht mit dem von Normalsterblichen vergleichen konnte.

Nine war eben Nine! Ein Wesen, das sich immer gleich blieb. Hatte sie anders ausgesehen, als sie vierzig Jahre zuvor, zur Zeit von Madame Fernandes Großvater, ihren Dienst antrat? Sie war schon damals dick und schwabbelig, und das Gehen machte ihr Mühe, weshalb sie auch nie im Restaurant bedient hatte.

Woher kam sie? Aus welchem Dorf? Niemand wusste es, und es war auch unwichtig. Sie hatte sich in ihren Winkel gesetzt und war dort sitzen geblieben.

Das Merkwürdigste war, dass sie eines schönen Tages ein Kind zur Welt gebracht hatte, ohne dass man je von einem Mann in ihrem Leben gewusst hätte. Doch das Kind war bei der Geburt gestorben.

»Na, da kommt sie ja!«

Man brauchte nicht erst zu fragen, ob Thérèse Madame Fernande mochte. Es genügte, sie sagen zu hören:

»Na, da kommt sie ja!«

Das war so offenkundig, dass Monsieur Jean es nicht durchgehen lassen konnte.

»Kannst du nicht anders reden?«

»Was hab ich denn Schlimmes gesagt?«

Der Tag fing nicht gut an. Madame Fernande war heruntergekommen, aber sie ging geradewegs zur Kasse, ohne die Küche zu betreten. Man hörte, wie sie sich bei Rose, die die Tische deckte, erkundigte:

»Ist das junge Paar noch nicht zurück?«

Wieder begegnete Monsieur Jeans Blick dem von Thérèse, und plötzlich wurde er wütend, ohne besonderen Anlass. War es ihr zerzaustes Haar und ihr ungewaschenes Aussehen? Oder weil sie sich immer als Opfer aufspielte?

»Was hast du denn heute?«

»Ich? Was soll ich haben?«

Er machte Ravioli und walkte gerade den Teig auf der hölzernen Tischplatte aus. Seine Frau rief:

»Jean!«

»Moment!«

Wie durch Zufall traf sein Blick wieder mit dem der Magd zusammen. Er rollte trotzdem seinen Teig aus, wischte sich die mehligen Finger an der Schürze ab und betrat das Restaurant.

Um diese Stunde lag der Raum in voller Sonne. Wenn man aus der Küche kam, glaubte man aus dem Keller zu kommen. Die weißen Tischtücher strahlten im Licht, und durch die offene Tür sah man die helle Straße, die Lorbeerbäumchen, die grün gestrichene Bank.

»Wie viel hast du herausgenommen?«

Sorgfältig frisiert, sanft und ruhig wie immer, hatte Madame Fernande die Münzen in kleinen Säulen vor sich aufgestapelt. Sie wartete, mit dem Bleistift in der Hand.

»Heute Morgen?«, fragte Monsieur Jean mit schuldbewusstem Blick.

Denn ihr gegenüber war er immer irgendwie schuldig.

»Ja. Hat jemand einen Wechsel präsentiert?«

»Nicht dass ich wüsste ... Warum fragst du?«

»Es fehlen dreihundert Franc.«

Was für ein Tag! Jean hätte sich Zeit zum Nachdenken lassen können. Stattdessen sagte er ungeschickterweise:

»Ach, ja! Ich habe den Metzger bezahlt!«

»Hast du die Rechnung?«

»Nein ... Er brauchte Geld ... Ich habe ihm dreihundert Franc gegeben.«

Flickwerk, nichts als Flickwerk! Jetzt erinnerte er sich, dass in aller Früh, als er gerade seinen Kaffee getrunken hatte, Thérèse Geld von ihm verlangte. Sie hatte ihm irgendeine wüste Geschichte erzählt – auf jeden Fall hatte er ihr nichts gegeben. Er hatte andere Dinge im Kopf gehabt.

Jetzt musste er mit dem Metzger reden, damit der ihn nicht verriet.

»Hast du die Speisekarte geschrieben?«

»Sie hängt schon draußen.«

Morgens schlief seine Frau noch, da konnte er nicht mit ihr reden. Wenn sie dann herunterkam, taten beide so, als hätten sie sich schon gesehen.

»Ich mach meine Ravioli fertig …«

Als er in die Küche zurückkam, fiel ihm jedoch zunächst Thérèses Abwesenheit auf.

»Wo ist sie?«, fragte er.

Nine begnügte sich mit einer Kopfbewegung in Richtung Fenster. Thérèse ging durch den Hof und verschwand im Keller, wo sie jeden Morgen die Karaffen für die Tische im Restaurant mit Weißwein füllte.

Im Vorbeigehen fauchte sie noch schnell ihren Sohn an und schickte ihn offenbar nach draußen zum Spielen, denn der Junge verschwand gleich darauf durch die Hoftür.

Nun durchquerte auch Monsieur Jean den Hof, und als kurz danach Rose in die Küche kam, wunderte sich diese.

»Ist niemand da?«

Die alte Nine wies wieder mit dem Kopf zum leeren Hof. Doch jetzt war er nicht mehr leer. Mit struppigem Haar und verstörtem Gesicht, wie immer nach dem Aufstehen, kam Félix aus der Garage. Anscheinend hörte er ein Geräusch aus dem Weinkeller, denn er warf einen Blick in diese Richtung und blieb lauschend stehen.

Wer mit anderen zusammenlebt, bekommt nach und nach ein Gefühl für das, was vor sich geht. Rose, die doch nichts wissen konnte, fragte:

»Was ist denn los?«

Doch wenn Nine nichts zu sagen hatte, schwieg sie einfach. Madame Fernande saß an ihrer Kasse und war immer noch damit beschäftigt, die Speisekarte zwanzigmal abzuschreiben, eine für jeden Tisch. Rose musste hinaufgehen, sich eine frische Schürze umbinden und sich noch einmal waschen, um zum Servieren bereit zu sein.

Félix trottete, noch immer mit gespitzten Ohren, durch den Hof. Als er die Küchentür öffnete, war ein Geschrei zu hören, das aus dem Weinkeller kam.

»Eine Scheiße ist das!«

Félix musste es sagen, sonst wäre er nicht Félix gewesen. Und er machte ein angewidertes Gesicht, von der Hässlichkeit der Welt überwältigt.

Das hinderte ihn jedoch nicht daran, den Kühlschrank zu öffnen und mit seinen schmutzigen Händen darin herumzuwühlen! Er tat es mit Absicht, wenn er zum Beispiel marinierten Hering aus der Büchse fischte, sich die Finger ableckte und wieder in die Büchse griff.

Rose hatte es ihm schon so oft vorgehalten, dass sie nichts mehr sagte. Jetzt sah sie Monsieur Jean mit wütender Miene aus dem Weinkeller hervorstürmen. Nach ein paar Schritten übermannte ihn offenbar wieder der Zorn, denn er drehte sich auf dem Absatz um und verschwand abermals in der halb offenen Tür. Man sah ihn im Halbdunkel des Kellers heftig gestikulieren, und dann hörte man etwas wie einen Schrei …

In diesem Moment drehten sich alle um, denn Madame Fernande erschien in der Tür zum Restaurant und fragte ruhig:

»Was gibt's?«

»Nichts, Madame.«

»Sagen Sie, Félix, was hat das junge Ehepaar heute Morgen zum Frühstück bekommen?«

»Milchkaffee, Brot und Butter.«

»Das war alles?«

Sie sah, dass ihr Mann diesmal wirklich aus dem Weinkeller hervorkam und den sonnenhellen Hof durchquerte, aber sie beachtete ihn nicht und kehrte zu ihrem Platz an der Kasse zurück.

Félix aß im Stehen. Er aß immer so, irgendwelche Sachen, die er sich aus dem Kühlschrank nahm. Daran hatten sich alle längst gewöhnt. Deshalb stand für ihn nie ein Teller auf dem Tisch, und er wurde auch zu den Mahlzeiten nicht gerufen.

Als Jean in die Küche zurückkam, wollte er sich gleich wieder an seine Ravioli machen, doch instinktiv warf er zuerst einen Blick ins Restaurant – und erblickte den Metzger, der an der Kasse stand und mit Madame Fernande plauderte.

Pech gehabt! Da war nichts mehr zu machen, man musste abwarten, wie es laufen würde, und so machte er sich wieder an die Arbeit.

Um sich abzulenken, stellte er Félix komischerweise genau die gleiche Frage wie seine Frau:

»Was hat das junge Ehepaar heute Morgen zum Frühstück bekommen?«

Das junge Ehepaar, das so leidenschaftlich fischte und seit vier Uhr früh irgendwo im Schilf des Loire-Ufers seine Angeln auswarf.

Äußerlich ging das Leben seinen gewohnten Gang, nicht anders als in jedem anderen kleinen Hotel an der Landstraße. Man hätte vom Fach sein müssen, um etwas Außergewöhnliches zu entdecken – wenn überhaupt! Sobald die Tür sich öffnete oder ein Auto vor dem Haus hielt, veränderten sich die Gesichter automatisch, bis auf das von Madame Fernande, das stets seinen unwandelbaren ruhigen Ausdruck trug.

Sie hatte nichts mehr gesagt – weder vom Metzger noch von den dreihundert Franc! Wenn Gäste eintraten, stand sie auf und ging mit liebenswürdigem Lächeln auf sie zu.

»Drei Personen? Möchten Sie lieber einen Fenstertisch? Rose, drei Gedecke hierher! Wünschen Sie das Menü zu fünfundzwanzig Franc oder lieber das zu achtzehn?«

Die Luft begann nach Benzin zu riechen. In der Küche brutzelte Fett oder Butter, jedes Mal wenn eine Pfanne vom Feuer gezogen wurde, schossen die Flammen auf. Monsieur Jean teilte mit hartem Blick die Portionen ein.

Rose hatte noch nicht begriffen. Sie wusste nur, dass Thérèse aus dem Weinkeller in ihre Kammer hinaufgestürmt war und wieder herunterkommen sollte. Rose hatte durch die verschlossene Tür mit ihr gesprochen.

»Monsieur Jean hat gesagt, du sollst sofort herunterkommen.«

»Er kann mich mal …«

»Es sind mindestens fünfzehn Gäste da!«

»Die können mich auch mal!«

»Nein!«

44

Als Madame Fernande wenig später Rose allein bedienen sah, fragte sie, ohne sich aufzuregen:

»Ist Thérèse nicht da?«

»Sie kommt gleich herunter.«

Tatsächlich war sie erschienen, mit roten Augen und dick geschminkten und gepuderten Wangen. Die Lippen waren ganz mit Schminke verschmiert, aber man sah trotz allem, dass sie einen großen blauen Fleck an der Schläfe hatte, und Rose hatte Monsieur Jean mit einer gewissen Angst angesehen.

Wie immer hatte sich Félix, nachdem er gegessen hatte, wieder hingelegt, denn sein Dienst begann erst um drei Uhr. Dann musste er den Hof spritzen.

»Zweimal Fischkroketten …«

Madame Fernande notierte die Bestellungen auf kleinen Zetteln und ließ ihren Blick über die Tische schweifen, wo täglich andere Unbekannte die gleichen Fischkroketten verspeisten und so ziemlich dieselben Fragen stellten.

Durch das offene Fenster sah sie das junge Ehepaar, mit der ganzen Anglerausrüstung bepackt, zurückkommen. Sie wuschen sich unter der Wasserleitung im Gang die Hände.

Nach einem Aufenthalt von wenigen Tagen fühlten sich die beiden schon ganz heimisch. Der junge Mann trat auf die Kasse zu.

»Was bekommen wir heute zu essen? Wir haben einen Mordshunger!«

»Haben Sie einen besonderen Wunsch?«

Und Madame Fernande rief:

»Jean! …«

»Ja …«

Sie sprach zwar in Richtung Küche, behielt dabei aber das Café im Blick, und da sie dort ein Geräusch hörte, winkte sie Thérèse herbei.

»Sehen Sie nach, was da los ist …«

Im nächsten Augenblick vernahm man laute Stimmen. Kurzes Schweigen, dann wieder Geschrei. Die Gäste hielten einen Moment im Essen inne und horchten hin.

Thérèse kam nicht wieder. Ein Glas ging zu Bruch. Rose näherte sich der offenen Tür. Madame Fernande machte eine fragende Kopfbewegung, und Rose flüsterte ihr zu:

»Ihr Mann ist da. Er ist betrunken.«

Die Gäste aßen schon wieder. Madame Fernande rief Monsieur Jean zu:

»Thérèses Mann ist da.«

»Wo?«

»Im Café.«

Er eilte hin, denn das musste sein, und machte die Tür hinter sich zu. Madame Fernande setzte sich wieder an ihren Platz. Rose hastete von Tisch zu Tisch. Wieder hörte man Glas splittern, aber diesmal war es eine der großen Spiegelscheiben. Ein Mann grölte, er hatte einen starken polnischen Akzent. Dann ging die Tür auf. Jean stieß einen Betrunkenen vor sich her, der schwankte und, als er rückwärts die Stufen hinunterging, um ein Haar gefallen wäre.

Ein paar Gäste lachten schon. Das Lachen wurde lauter, als der Pole sich auf die gegenüberliegende Straßenseite stellte und mit schallender Stimme unverständliche Drohungen ausstieß.

Monsieur Jean begab sich wieder in die Küche. Seine Frau fragte ihn im Vorbeigehen leise:

»Soll ich die Polizei rufen?«

»Wenn du meinst ...«

Der Mann, Stephan hieß er, hatte schon öfter solche Szenen gemacht, wenn auch nicht ganz so wüst. Er kam ungefähr alle vierzehn Tage, schon stark angesäuselt, aus seinem Steinbruch, nahm seiner Frau das Geld ab und vertrank es dann in sämtlichen Bistros von Pouilly, um dann wieder im Weißen Ross zu erscheinen und Lärm zu schlagen.

»Hallo! Hier Hotel Zum Weißen Ross. Ja ...«

Madame sprach mit gedämpfter Stimme hinter der vorgehaltenen Hand und behielt dabei den Saal im Auge.

In der Küche band Monsieur Jean ein Taschentuch um seine linke Hand, die ein Glassplitter getroffen hatte, und setzte seine Arbeit fort. Thérèse, die eine Schüssel holen kam, flüsterte ihm zu:

»Ich hatte Sie gewarnt! ...«

Vor Nine versteckte man sich nicht. Tatsächlich versteckte man sich vor niemandem, außer vor Madame Fernande.

»Der Junge hat ihm alles erzählt!«

Jean richtete wieder Schüsseln an, verteilte Ragout auf die Teller, schnitt Beefsteaks zu.

Als wüsste er, was ihm bevorstand, entfernte sich der Pole ganz langsam, rückwärts gehend, ständig Drohungen und Verwünschungen ausstoßend, bis er plötzlich von zwei Polizisten aufgehalten wurde.

»Sie kommen jetzt mit!«

Man sah, wie sie den wild gestikulierenden Mann in die Mitte nahmen und abführten.

Die Kaffeefilter standen schon auf den Tischen, und Madame Fernande musste von Zeit zu Zeit aufstehen und die große Flasche Marc zur Hand nehmen, denn den schenkte sie immer persönlich ein.

Der Bus aus Nevers hielt etwa dreißig Meter weit entfernt. Zwei schwarzgekleidete Bauersfrauen stiegen aus und im letzten Moment, ehe der Bus wieder anfuhr, noch ein Herr, den niemand beachtete.

Es war Maurice Arbelet, der sich diesen Nachmittag freigenommen und sehr früh zu Mittag gegessen hatte.

Man erkannte ihn nicht einmal, als er das Restaurant betrat. Nur Rose zog die Brauen zusammen, während sie nachdachte, wo sie dieses Gesicht schon gesehen hatte.

Er fand einen Platz und setzte sich mit unsicherem Lächeln.

»Das Menü?«

»Nein – ich habe schon gegessen … Einen Kaffee, bitte.«

Der Bengel von Thérèse war unten an der Loire und sah voller Neid einem gleichaltrigen Jungen zu, der angelte und schon zwei Weißfischchen aus dem Wasser gezogen hatte. Er stand, die Hände in den Taschen, auf seinen krummen Beinen mit den verdickten Kniegelenken da und hielt den Kopf gesenkt, was ihm ein heimtückisches Aussehen verlieh.

»Mademoiselle, sagen Sie bitte …«

Arbelet hatte Glück. Es war Rose, die ihn bediente, beide waren hell von der Sonne beschienen.

48

»Der Nachtwächter – ist der jetzt da?«

»Um diese Zeit schläft er …«

»Hier im Haus?«

»Über der Garage. Soll ich ihn rufen? Moment, ich muss nur noch dort kassieren.«

Es war der Tag, an dem Madame Arbelet mit den Kindern bei ihrer Mutter zu essen pflegte.

»Du weißt doch genau, dass es keinen Sinn hat, ihm Geld zu geben«, hatte Germaine gesagt. »Ein paar Tage, dann hat er wieder nichts mehr.«

Selbst wenn sie allein und die Kinder nicht in der Nähe waren, sprachen sie nur mit gedämpfter Stimme von Félix.

»Ich denke nicht so sehr daran, ihm Geld zu geben …«

»Was willst du denn tun?«

»Ich weiß nicht … Mit ihm reden … Sehen, ob wir ihm nicht auf andere Art helfen könnten – zum Beispiel ihn in einem Heim unterbringen. Schließlich ist er der Bruder deiner Mutter …«

Das Weiße Ross im hellen Sonnenschein, mit seinem Besteckgeklapper, seinem Kaffee- und Likörgeruch, die glatte Straße, auf der die Autos vorbeirauschten, die schwarzen Kleider und schneeweißen Schürzchen von Thérèse und Rose, Madame Fernande mit ihrem nachsichtigen Lächeln, die über ihre ganze kleine Welt zu wachen schien – das alles kam Arbelet wie ein paradiesischer Ort vor, und während er seinen Kaffee zuckerte und sich an dem Metallfilter die Finger verbrannte, hätte er am liebsten die Zeit angehalten.

Er zündete sich eine Zigarette an und fand, dass sie anders schmeckte als sonst.

Er wusste nicht, dass sie auf der Polizei dem Polen kräftig zugesetzt hatten, ihn dann lachend zur Tür hinausschoben und ihm zum Abschied nachriefen:

»Wenn du in einer Stunde noch in Pouilly bist, kannst du dich auf was gefasst machen und verbringst die Nacht hier auf der Wache!«

Der Onkel erwachte, und da er am Sonnenstand sah, dass er noch Zeit hatte, blieb er mit offenen Augen auf seinem lumpigen Lager liegen und schnupperte seinem Altmännergeruch nach.

4

Er hatte an der Kasse höflich gefragt:
»Sie gestatten, dass ich ein paar Worte mit Monsieur Drouin spreche?«

Madame Fernande hatte einen Augenblick die Stirn gerunzelt, aber nur weil der Name Drouin ihr nichts sagte, doch dann begriff sie.

»Natürlich – gehen Sie gleich hier durch die Küche. Wenn Sie in der Garage sind, müssen Sie nur rufen, aber laut. Er ist schwerhörig.«

Anders als Arbelet es erwartet hatte, interessierte sie sich nicht im mindesten dafür, was er von dem Nachtwächter wollte. In der Küchentür stieß er auf Rose, die ein Tablett trug, und suchte sich an ihr vorbeizudrücken, streifte sie aber trotzdem. In der Küche, wo nur der Wirt und die alte Nine zu sehen waren, murmelte er gewohnheitsmäßig:

»Entschuldigen Sie ...«

Monsieur Jean, der gerade starken schwarzen Kaffee trank, sah ihn gleichgültig vorbeigehen, ohne auch nur zu vermuten, dass ein Gast durch seine Küche ging, um den alten Félix zu besuchen. Er war in seine eigenen Gedanken versunken und bemerkte Arbelet kaum.

»Andersrum …«, rief die alte Nine, als sie sah, dass Arbelet den Türknopf in die falsche Richtung drehte.

Wahrscheinlich hielt man ihn für schüchtern oder feige, dagegen war nichts zu machen. Es stimmte aber nicht. Nur fühlte er sich immer befangen, wenn er in die Privatsphäre fremder Leute eindrang.

Hier war er nicht zu Hause und würde es nie sein. Er empfand deutlich, dass das Weiße Ross ein eigenes Ganzes bildete, eine Welt für sich, die sich selbst genügte, mit ihrer Sonne, ihren Freuden, ihren Gerüchen, ihren Tragödien, ihrer Sprache. Darum hatte er auf seinem Weg durch die Küche den Wirt verstohlen angesehen und sich gefragt, wer wohl der Herrscher in diesem Universum sein mochte, der Mann mit der Kochmütze oder die junge Frau, die ruhig und würdevoll hinter ihrer Kasse saß.

Er zuckte zusammen, denn der Hund fuhr mit wütendem Gebell aus seiner Hütte hervor. Zum Glück war die Kette zu kurz.

»Monsieur Drouin!«, rief er laut, als er die Garage betrat. »Monsieur Drouin!«

Niemand antwortete, er ging ein paar Schritte weiter hinein.

»Monsieur Félix! Monsieur Félix!«

Der lag mit offenen Augen oben auf seinem Strohsack. Das »Monsieur Drouin« hatte ihn erstaunt, auch weil er die Stimme seines Neffen nicht erkannte. Jetzt wartete er ab. Er wartete ab, bis entweder der Eindringling aufgab oder er selbst Lust bekam aufzustehen und hinunterzuklettern.

»Hallo! ... Ist da niemand? ...«

Félix lächelte nicht einmal, während er feststellte, dass der Eindringling die Ruhe verlor. Seine einzige Reaktion bestand darin, dass er nach einer ganzen Weile mit der tonlosen Stimme, mit der andere Höflichkeitsfloskeln herunterleiern, sagte:

»Ich bring noch mal einen um ...«

Arbelet hörte ein unbestimmtes Geräusch. Er hob den Kopf und rief:

»Onkel! ... Sind Sie das? ...«

Von unten sah der Alte wie ein Monster aus. Da das niedrige Lager nicht zu sehen war, begriff man nicht, woher die dunkle Gestalt kam, die sich langsam aufrichtete, und man erkannte auch nicht gleich, dass der Nachtwächter eine zerfetzte Decke um die Schultern hatte. Man hatte den Eindruck, dass sich eine lebendige Masse aus einer Welt von Staub löste, und die krächzende Stimme des Alten ließ alles noch seltsamer erscheinen.

»Du bist das? Was suchst du hier? ...«

»Ich möchte ein paar Worte mit Ihnen sprechen ...«

Drouin stieg die Leiter hinunter. Er hatte kurz gezögert, sich dann aber gesagt, dass es ohnedies bald Zeit wäre, den Hof zu spritzen. Als er auftauchte, stoben die Hühner unter lautem Gegacker auseinander.

»Was suchst du hier?«, wiederholte er.

Bei seinem Anblick kam Arbelet ein Gedanke, den Thérèse schon geäußert hatte. Ja, als er eines Morgens breitbeinig, mit hin- und herbaumelndem Kopf in die Küche geschlurft kam und geräuschvoll durch die Nase schniefte, statt ein Taschentuch zu benutzen, mit seinen triefenden Augen und seinem verschleimten Krächzen, hatte sie ausgerufen:

»Sie tun das doch absichtlich!«

Thérèse hatte nämlich selbst einen Onkel, der den Kindern gerne Angst einjagte, und eine ihrer Cousinen hatte davon die Gelbsucht bekommen!

Félix war tatsächlich fest entschlossen, abstoßend zu wirken. Wenn er sich kratzte, tat er es so langsam und nachdrücklich, dass einem beim bloßen Zusehen übel wurde.

»Hören Sie, Onkel. Wir haben viel über Sie gesprochen, Germaine und ich …«

Sie standen einander gegenüber, Félix halb in der Sonne, mit einem Strohhalm in seinen Bartstoppeln, Arbelet im Schatten. Der Hund, der die Schnauze aus seiner Hütte hervorgestreckt hatte, beobachtete sie und wollte gleich wieder bellen.

»Wieso wohnt ihr denn auf einmal in Nevers?«

Arbelet hatte nichts zu verheimlichen und sich nichts vorzuwerfen. Er war vor einiger Zeit von Orléans, wo er bei den Wasserwerken gearbeitet hatte, nach Nevers gezogen – nachdem er dort eine fast gleichwertige Anstellung gefunden hatte –, um näher bei seiner Schwiegermutter zu leben, die Witwe geworden war.

Warum wurde er jetzt verlegen und begann zu stottern?

»Wissen Sie, Onkel …«

Jeder Gendarm, der Félix irgendwo auf der Landstraße begegnet wäre, hätte ihn kurzerhand auf die nächste Wache mitgenommen. Nur wäre er vielleicht, Aug in Auge mit seinem Verhafteten, plötzlich der Verlegenere von beiden gewesen!

Warum?

Und warum redete Monsieur Jean, der alle Welt duzte, den alten Nachtwächter, wenn er allein mit ihm war, meist mit Sie an?

Er war schmutzig und ekelhaft. Er hustete und spuckte, nur weil es ihm Spaß machte, seine Mitmenschen abzustoßen, und trotzdem wagte niemand seinem durchbohrenden Blick standzuhalten und ihm in die rot unterlaufenen Augen zu sehen.

»Wissen Sie, Onkel – wir dachten, dass Sie doch nicht hierbleiben können ... Das ist keine Situation für Sie ...«

»So? Meinst du?«

War sein Ton drohend oder ironisch? Manchmal fragte man sich, ob er nicht Komödie spielte, ob er nicht im nächsten Moment lächeln, Ungeziefer und Groll abschütteln würde wie einen falschen Bart, um mit normaler menschlicher Stimme zu rufen:

›Da habe ich euch aber reingelegt, was!‹

Aber das tat er nicht. Statt es seinem Neffen leichter zu machen, ließ er ihn zappeln.

»In Ihrem Alter sollte man ...«

»Wieso? Ich bin erst dreiundfünfzig ...«

Noch so eine Methode, mit der er die Leute in Verlegenheit brachte, denn er sah hinfälliger aus als ein Fünfundsiebzigjähriger.

»Ja, gewiss, Onkel. Aber Sie haben in den Kolonien gelebt, haben Malaria ...«

»Nicht nur! Ich wette, dass ich mindestens neun Krankheiten habe …«

Wie konnte ein einfacher, offener Bursche wie Arbelet sich gegen ihn behaupten? Was suchte er eigentlich hier, in dieser staubigen Garage, wo die Hühner scharrten, in dem sonnenglühenden Hof, in dem Hotel an der Route Nationale, wo die Wagen pausenlos vorbeirasten?

Für seine Kinder in Nevers war der Donnerstag der Tag, an dem man zur Großmama ging. Für Arbelet übrigens auch. Er hätte um fünf nachkommen und den traditionellen Kuchen zum Kaffee mitbringen sollen.

Der Alte spürte das irgendwie. Er wusste auch, dass es seinen Neffen nur reizen würde, wenn er ihm riete:

›Du solltest lieber wieder heimgehen.‹

Thérèse erschien im Hof, um etwas in den Abfalleimer zu werfen.

»Ich habe an ein Altersheim geschrieben, das von Mönchen geleitet wird …«

Félix lächelte nicht, wunderte sich nicht und war auch nicht entrüstet. Nein! Er wurde vernichtend! Man hätte nicht sagen können, wie er es anfing – er wuchs über sich hinaus, wurde größer und breiter. Ein Fremder hätte sich gefragt, wie der arme Arbelet es überhaupt wagen konnte, ihm von einem Altersheim zu sprechen.

»Es ist nicht sehr teuer. Fünfzehnhundert Franc jährlich, unter der Voraussetzung, dass Sie gelegentlich zu kleinen Diensten bereit sind …«

Worauf der Alte anzüglich und ohne mit der Wimper zu zucken, antwortete:

»Was für kleine Dienste denn?«

Worauf wartete der Neffe noch? Merkte er nicht, dass es Zeit war, das Feld zu räumen? Dass er sich mit jedem Wort weiter in eine Welt vorwagte, der er nicht gewachsen war?

»Es gibt zwei Kategorien in dem Heim«, erklärte er naiv. »Die einen zahlen sechstausend Franc – die sind zumeist gebrechlich und tun gar nichts. Und die anderen …«

»… sind ihre Dienstboten.«

Arbelet ließ seinen Blick umherschweifen und besaß die Kühnheit zu murmeln:

»Hier …«

Was bedeuten sollte:

›Hier bist du nicht einmal das.‹

Félix wandte ihm brüsk den Rücken zu, als hätte er jetzt endgültig genug, und bückte sich nach dem Schlauch, mit dem er immer den Hof spritzte. Über seine Schulter hinweg fragte er plötzlich:

»Hast du den Kindern gesagt, dass ich ihr Onkel bin?«

»Nein. Wir dachten, sie sind noch zu klein, um zu verstehen …«

»Um was zu verstehen?«

Er richtete sich wieder auf, um Arbelet, um der ganzen Menschheit die Stirn zu bieten. Ja – um was zu verstehen? Verstehen! Wer wagte es, ihm mit einer solchen Unverschämtheit zu kommen?

»Was verstehen?«, beharrte er.

»Ihre – Ihre unglücklichen Erlebnisse …«

»Ich soll unglückliche Erlebnisse gehabt haben? Trottel! …«

»Also gut, lassen wir das. Aber denken Sie über unseren Vorschlag nach …«

Wie nutzlos das war! Wie lächerlich! Wie unklug!

Und es wurde immer schlimmer! Als würde Arbelet von einem Wirbel ergriffen, der ihn unrettbar in den Abgrund zog …

»Es geht hier doch nicht um uns. Aber Sie könnten alten Bekannten begegnen …«

Der Alte schien mit seinem Schlauch in der Hand zu einem Standbild zu erstarren und maß ihn mit einem harten Blick.

»Verzeihen Sie, Onkel, aber es ist zu Ihrem Besten …«

»Sag das noch einmal! Ich könnte …«

Er hätte ja auch seinen Neffen umbringen können – ihn einfach mit dem schweren Metallkopf seines Schlauchs erschlagen! Nur so zur Probe – zur Abwechslung! Er redete schon lange genug davon, dass er einen umbringen würde.

Der Versuch lockte ihn wirklich. Wie Arbelet in seinem braven blauen Anzug und seinem Strohhut mitten in einem Sonnenstrahl dastand, schien er für die Rolle des Opfers wie geschaffen. Als hätte er sich absichtlich so hingestellt.

Sein Adamsapfel bewegte sich. Offenbar hatte er ein bisschen Angst, er bemühte sich zu lächeln.

»Denken Sie darüber nach …«

Ein Schwindel überkam Félix. Es dauerte nicht lange. Er schloss nur kurz die Augen und machte sie dann wieder auf. Gerade eben hatte er sich noch gefragt, was ihm an dieser Unterhaltung mit seinem Neffen so seltsam vorkam …

Jetzt wusste er es! Es war die Ähnlichkeit mit Penders!

Nicht einmal so sehr die körperliche Ähnlichkeit, denn Penders war damals zweiundzwanzig Jahre alt und trug Uniform, aber sie gehörten beide derselben Kategorie an – der Kategorie der Opfer!

Als ob manche Menschen für die Schlachtbank bestimmt wären, wie die Schafe.

Penders hatte ebenfalls dieses Zittern um die Lippen, diesen ehrlichen Willen, den Menschen offen ins Gesicht zu sehen, diesen Ehrgeiz, seine Angst zu meistern.

»Also, denken Sie nach … Ich sitze hier im Café. Mein Bus geht erst um fünf …«

Was für ein Tag! Als Arbelet vorhin durch die Küche gegangen war, hatte Monsieur Jean ihn angesehen, ohne ihn zu sehen, als sei er ein flüchtiger Schatten.

Während er sich jetzt entfernte, hielt Félix die Augen auf ihn gerichtet, war sich aber seiner Existenz nicht mehr bewusst. Er sagte mit der ausdruckslosen Stimme, mit der er jeweils zu sich selber sprach:

»Ich bring wirklich noch mal einen um …«

Wirklich! Er hatte seinem gewohnten Ausspruch das Wort »wirklich« hinzugefügt, denn den anderen, Penders, hatte er nicht *wirklich* umgebracht.

Im Übrigen war er damals vielleicht noch ahnungsloser gewesen als Arbelet jetzt. Er trug einen Schnurrbart mit langen, gezwirbelten Spitzen, wie es Mode war, und er war in ein Kolonialregiment in Afrika eingetreten – wegen der Illustrationen in einem Buch von Jules Verne!

Penders und er …

Wenn man bedachte, dass es keinen einzigen, keinen

richtigen Menschen gegeben hatte, der die Geschichte verstand, außer vielleicht ihr Oberst!

Was wussten sie denn vom Leben, Penders und er? In diesem Alter! Man konnte ihnen Streifen auf die Ärmel nähen, ihnen einen Revolver in den Gürtel stecken und ihnen ein paar Dutzend jämmerliche Wilde zum Herumkommandieren geben, sie wussten trotzdem nichts. Nichts vom Leben und nichts vom Sterben.

Sie glaubten noch an Bilder und bemühten sich, ihnen zu gleichen. So war es!

Auf den Bildern dringen die Kolonialtruppen in den Busch vor, um irgendwelche Entdeckungen zu machen.

Sie hatten es nicht absichtlich getan, sondern waren schließlich mit einer Mission losgeschickt worden, wie in den Geschichten.

Und wie in den Geschichten waren die Wilden von ihrer Eskorte unterwegs immer weniger geworden, kaum dass man es recht merkte.

Mit einem Unterschied: Als sie plötzlich allein waren, ohne ihren Proviant, den die Schwarzen hatten mitgehen lassen, bekamen sie fürchterliche Angst – vor dem Hunger, vor dem Unbekannten und am meisten vor der Nacht, solche Angst, dass sie sich, als es dunkel wurde, wie Kinder aneinanderschmiegten.

… Und jetzt dieser Arbelet, der sich als Mann aufspielte und davon redete, alles bestens zu regeln, mit Hilfe von fünfzehnhundert Franc im Jahr und kleinen Dienstleistungen für die Gebrechlichen und die Mönche und so weiter und so fort!

Damit hatte alles begonnen, mit Penders und Millionen Menschen, die seinen Namen gar nicht kannten. Er stammte aus dem Norden, irgendwo aus den Ardennen, und hielt sich für stark, weil er dicke Knie hatte, was aber nur daher kam – das wusste Félix jetzt –, dass man ihn mit zu viel Kartoffeln großgezogen hatte.

Der Durst hatte ihn fast verrückt gemacht. Er weinte. Dann wurde er wütend und befahl seinem Kameraden, Wasser zu holen.

Félix wusste nicht, was er tun sollte. Auch er hatte Angst und Durst und einen geradezu schmerzhaften Wunsch, am Leben zu bleiben.

Als er dann, buchstäblich auf den Knien, zum Posten zurückgekrochen kam, wollte niemand ihm glauben, dass Penders sich umgebracht hatte – plötzlich und ohne jede Vorankündigung hatte er sich den Lauf seines Dienstrevolvers in den Mund gesteckt.

Sie hatten ihn unter Arrest gestellt und davon geredet, eine Untersuchung einleiten zu wollen. Dann kam eines Tages der Oberst zu ihm, väterlich und angewidert zugleich.

»Unterschreiben Sie hier ... Das ist Ihre Entlassung. Sie können sich woanders aufhängen lassen.«

Und Félix wusste, dass der Oberst im Grunde recht hatte. Er hätte Penders nicht sterben lassen dürfen. Aber wie? Das war eine andere Frage. Er hätte es irgendwie schaffen müssen ...

Danach drei Monate Krankenhaus, ohne bestimmte Krankheit, einfach weil er sich nicht daran gewöhnen konnte, kein Kind mehr zu sein.

Und dann hatte er sich auf einmal angewöhnt, überhaupt nichts mehr zu sein! So dahinzuleben, ohne Bedürfnis nach dem Gruß und der Meinung seiner Mitmenschen! Dahinzuleben wie ein Pilz oder ein Baum, zu essen und zu trinken, irgendeine Arbeit für irgendwelche Leute zu tun.

Es machte ihm nichts aus, dass er nicht mehr zum Quai zugelassen wurde, wo mit jedem Schiff lauter junge Penders eintrafen. Oder auf dem Quai die Altgedienten zu sehen, die mit dem Finger auf ihn zeigten und halblaut tuschelten:

»Der dort ist Drouin …«

»Was hat er denn angestellt?«

»Ach, irgendeine unglückliche Geschichte im Busch … Der ist erledigt. Er sollte nicht länger hierbleiben … Es ist peinlich …«

Nicht für Félix! Er genoss es mehr und mehr, den anderen peinlich zu sein, und damit es ihnen noch peinlicher wäre, lebte er mit einer hässlich gewordenen Schwarzen zusammen. Wie die Eingeborenen ging er an Bord der Schiffe, um Ramsch zu verkaufen. Er hatte das Gefühl, dass er sich damit irgendwie rächte.

Im Krieg hatte man ihn einer nicht kämpfenden Einheit zugeteilt, und ohne mit der Wimper zu zucken, hatte er jahrelang die Nebengebäude eines Bahnhofs geputzt.

Dann hatte er in einem nicht ganz legalen Spielclub als Croupier gearbeitet.

Und dann …

Was konnte ihm das schon anhaben? Hätte er denn noch tiefer sinken können? Als Landstreicher vielleicht? Nein!

Dann hätte ihn niemand beachtet, er hätte niemanden angewidert. Niemand hätte ihm etwas befohlen, und er hätte nicht auf die Idee verfallen können, »einen umzubringen«.

Er richtete den Wasserstrahl auf die Hundehütte, einfach so, weil es ihm in den Sinn kam. Es gehörte nämlich auch zu seinen Aufgaben, alljährlich die jungen Hunde und Katzen zu ersäufen, von denen niemand etwas wissen wollte.

Was ist schon dabei? Als er einmal mit einem Sack voll blinder Kätzchen daherkam, hatte er auf einer Wiese unten an der Loire Raben erblickt und ihnen den Sack hingeworfen, um zu sehen, was passierte …

Hatte seine Wilde in Afrika nicht eins ihrer Kinder bei der Geburt getötet, weil es kohlschwarz war und sie Angst vor Drouin hatte?

Und nach alldem erlaubte sich so ein Monsieur Arbelet, bloß weil er seine Nichte geheiratet hatte, in seine Garage einzudringen, ihn von seinem Strohsack aufzuscheuchen und mit tugendsamem, blödem Schafsgesicht etwas von einem Altersheim zu erzählen!

So! Jetzt war der Hund nass genug! Er lag, den Schwanz zwischen die Beine geklemmt, in seiner überschwemmten Hütte, und Félix richtete den Strahl auf den Sohn von Thérèse, der gerade in den Hof kam. Er spritzte ihn aber nur ein bisschen an, weil der Bengel ein Ausbund an Bosheit war.

»Was machst du hier?«

»Dir auf den Wecker gehen!«

»Stimmt es, dass du deinem Vater alles erzählt hast?«

»Das geht dich einen Dreck an!«

Félix glaubte, seine eigene Rasse zu erkennen.

»Haben die Polizisten ihn wieder laufenlassen?«

»Das ist mir egal!«

Der kleine Kerl sprang ständig um den Alten herum. Der war nämlich das einzige Wesen auf der Welt, das ihm imponierte. Er versuchte immer, ihm etwas Böses anzutun, aber es gelang nicht. Seine kindlichen Einfälle konnten Félix nichts anhaben.

Von weitem konnte man die beiden im Hof stehen sehen, wo der Sonnenstreifen immer schmaler wurde. Der Alte ließ den Wasserstrahl sachte auf die Pflastersteine rieseln, der Kleine, der an einem giftgrünen Bonbon auf einem Holzstäbchen lutschte, hielt sich dicht hinter ihm. Der Hund in der Hütte beleckte traurig sein tropfnasses Fell.

Monsieur Jean war schon dabei, die Abendsuppe aufs Feuer zu stellen, während die alte Nine das Geschirr wusch, ohne sich von ihrem Platz zu rühren. Man stellte ihr einen Bottich mit heißem Wasser zwischen die Beine, sodass sie ihren Winkel von früh bis spät nicht zu verlassen brauchte.

Thérèse kam in die Küche und sagte gleichmütig:

»Er ist schon wieder da …«

»Dein Mann?«

Madame Fernande saß an ihrer Kasse und machte die Abrechnung. Die Mittagsgäste waren alle fort.

Im Café versuchte ein linkischer, verlegener Arbelet mit Rose zu scherzen.

»Die Gäste machen Ihnen doch sicher alle den Hof! Ich wette, man hat Sie schon zu entführen versucht!«

Aber es ging nicht. Er hatte keine Übung darin und er-

64

hoffte sich auch nichts. Als er den Polen, der noch betrunkener war als vorher, hereinkommen sah, geriet er aus dem Konzept und wunderte sich vor allem darüber, wie tapfer die Kleine ihm die Stirn bot.

»Nein, ich bringe Ihnen nichts! Sie sind schon besoffen genug. Dass Sie sich nicht schämen!«

»Geh, hol ihn!«

»Wen?«

»Den Patron.«

Sie besaß schon die Selbstsicherheit, die Maurice Arbelet an allen Leuten im Weißen Ross aufgefallen war.

»Los, hauen Sie ab! Machen Sie keine Geschichten. Sie wissen doch, dass die Polizei Sie im Auge hat.«

»Wenn ich schon zulasse, dass er mit meiner Frau schläft, dann darf ich mir doch wohl ein Glas einschenken ...«

Er näherte sich der Theke, um sich selbst zu bedienen. Monsieur Jean trat in seiner weißen Kochmütze, ein Küchentuch in der Hand, in den Saal.

»Geh jetzt, Rose.«

Er ging auf den Betrunkenen zu, nicht mit drohender Gebärde, wie Arbelet gedacht hätte, sondern mit ruhiger Sicherheit.

»Tu mir den Gefallen und verschwinde und halt den Mund ...«

Arbelet, der aufgestanden war, setzte sich wieder. Er gestand sich nicht ein, dass er es tat, um in der vorauszusehenden Rauferei eine geringere Angriffsfläche zu bieten.

»Na los, mach schon! Mein Haus ist kein ...«

Sie rempelten sich an, rangelten. Wurden Schläge ausgeteilt? Arbelet fragte sich, ob er nicht eingreifen sollte. Er erhob sich ein wenig von seinem Sitz, und genau in dem Augenblick traf ein schwerer Gegenstand seinen Kopf. Der Pole hatte eine Wasserflasche in seine Richtung geschleudert.

Arbelet merkte nicht gleich, dass er verletzt war, er fühlte auch keinen Schmerz. Er blieb stehen, wo er war, die Hände an der Stirn, und als er dann mechanisch die eine betrachtete, sah er, dass sie blutüberströmt war.

5

Jetzt wusste er, warum die Opfer einer Katastrophe blutigen Gespenstern ähneln. Er sah sich in einem Spiegel, und was ihn völlig verstörte, war weder der Schmerz noch das Bewusstsein, verletzt zu sein, sondern sein eigenes Bild.

Diesem Bild nach musste ihm ein Auge ausgerissen sein, etwas anderes war nicht denkbar. Man sah keine Wunde, keinen Riss, nur Blut von den Haaren bis zum Mundwinkel und mitten in dem Blut einen weißen Augapfel.

Arbelet schrie nicht. Er stand da, wie in einem bösen Traum, mit einer Miene, die kläglich zu fragen schien:

›Kümmert sich denn niemand um mich?‹

Er wagte nicht, sein Auge zu berühren, wagte auch nicht, das andere zu schließen, um herauszufinden, ob er noch mit beiden sehen konnte.

Er hörte, wie Rose in die Küche lief und rief:

»Thérèse! Thérèse!«

Monsieur Jean öffnete ein Schubfach, während der Pole ein Messer mit feststehender Klinge aus der Tasche zog und es wortlos aufschnappen ließ.

»Lass das Ding sofort fallen!«, brummte der Wirt und nahm einen Revolver aus der Schublade.

Madame Fernande, die sich nicht von der Kasse weggerührt hatte, telefonierte mit erstaunlich ruhiger Stimme.

»Ja ... Sie kommen sofort, nicht wahr? Und bringen Sie gleich den Arzt mit ...«

Das alles schien sich wie in Zeitlupe abzuspielen. Da tauchte plötzlich Thérèse auf und ging mit raschem, festem Schritt auf ihren Mann zu, ohne sich um das drohende Messer zu scheren.

»Bist du verrückt geworden?«

Wie mit einem ungezogenen Jungen! Sie deutete auf das Messer.

»Her damit!«

Schon hielt sie es in der Hand. Mit der anderen verpasste sie dem Mann eine schallende Ohrfeige.

»Und jetzt wartest du auf die Polizei. Verstanden?«

Damit war es vorbei, und man konnte sich um den Verletzten kümmern. Nicht Thérèse, die sich nicht für ihn interessierte, aber der Wirt und Rose wandten sich ihm zu.

Genau in diesem Augenblick merkte Arbelet, dass ihm die Sinne schwanden. Er konnte gerade noch einen Schritt rückwärts tun, bis zur Bank. Noch während er hinsank, versuchte er entschuldigend zu lächeln.

Félix hatte seinen Hof gespritzt und fegte den Schmutz mit einem Stallbesen in den Rinnstein. Er hatte den Krach gehört, mit dem die Wasserflasche auf dem Fliesenboden zerschellte, nachdem sie Arbelet getroffen hatte, wandte aber nur einen Moment den Kopf, um nach dem Haus hinüberzusehen.

Dann war Rose mit dem Schrei »Thérèse! Thérèse!« in der Tür erschienen, und Thérèse war über den Hof gelaufen.

Félix trat ohne Eile, den Besen in der Hand, in die Küchentür und sah die alte Nine fragend an.

»Ihr Mann ... Wieder mal stockbesoffen«, erklärte die Alte.

Thérèse kehrte fast im gleichen Augenblick zurück. Mit hartem, entschlossenem Gesicht ging sie die Treppe zu ihrer Kammer hinauf. Dann erschien sie dort am Fenster und schrie in dem keifenden, lang gezogenen Ton, mit dem die Frauen aus dem Volk ihre Kinder rufen:

»Henri! Henri!«

Henri antwortete nicht. Man wusste nie, wo er herumlungerte. Vielleicht hielt er sich mal wieder ganz in der Nähe versteckt und tat, als hörte er nicht.

Félix wollte wissen, was Thérèse dort oben trieb. Er suchte seinen Unterschlupf in der Garage auf, hievte sich auf seine Kisten hinauf und sah in Thérèses Kammer hinüber, wo die Magd gerade ihr enges Kleid über den Kopf streifte. Es sah aus, als würde sie sich häuten. Als ihr Gesicht wieder zum Vorschein kam, sah es bitterböse aus, und sie brummte etwas vor sich hin, so ähnlich wie:

»Das haben sie jetzt davon!«

Auf dem Bett stand ein offener Hartfaserkoffer. Auch der Schrank stand offen. Thérèse wirtschaftete im Zimmer herum und packte. Von Zeit zu Zeit beugte sie sich weit zum Fenster hinaus und schrie wieder:

»Henri! Henri!«

Hier am Fenster schien sie sich an den Beobachtungsposten des alten Félix zu erinnern. Sie konnte nicht erkennen, ob er auch jetzt dort stand, streckte ihm aber auf Verdacht die Zunge heraus.

Das hielt sie jedoch nicht davon ab, sich in aller Eile von Kopf bis Fuß umzuziehen. Die Wäsche, die sie trug, war so zerlumpt, dass sie sie einfach hinter den Schrank warf. Sie zog ihr gutes Kleid an und rollte das andere zusammen, um es in den Koffer zu stopfen.

Dann verschwand sie unerklärlicherweise. Hinunter war sie nicht gegangen, Félix hätte sie am Treppenhausfenster vorbeigehen sehen, und die Toilette im ersten Stock durften die Mädchen nicht benutzen, da konnte sie also auch nicht sein.

Nach ein paar Minuten kam sie zurück, wühlte noch ein wenig in ihrem Koffer herum, machte ihn zu und lief die Treppe hinunter. Dann kreischte sie wieder im Hof herum:

»Henri! Henri!«

Nur die alte Nine saß unbeweglich in ihrem Winkel, den der Abend mit violettem Licht füllte. Sie sah jeden kommen und gehen, sah Rose einen Krug mit heißem Wasser füllen. Dann hörte sie mehrere Leute die Treppe hinaufsteigen und gleich darauf dieselben Schritte direkt über ihrem Kopf, in einem Zimmer im ersten Stock.

Die Polizisten waren gekommen und hatten dem Polen, der grimmig zu Boden blickte, Handschellen angelegt.

Sooft Monsieur Jean an seiner Frau vorbeikam, warf er ihr verstohlen einen kurzen Blick zu. Er wusste nicht, wie sie reagieren würde, und empfand es nicht als Beruhigung, dass sie ihre gewöhnliche Miene aufgesetzt hatte.

»Bring dem Doktor saubere Handtücher, Rose. Nicht die Frottiertücher ... Nimm die aus dem unteren Fach.«

Ein Polizist zog mit dem Verhafteten ab, während der Wachtmeister, ein grobknochiger, blonder Typ aus dem Norden, sich an einem Tisch im Café niederließ, seine in Ledergamaschen steckenden Beine übereinanderschlug und gemächlich eine Pfeife zu stopfen begann.

»Was darf es sein?«, erkundigte sich Monsieur Jean.

»Danke, nichts ... Höchstens ein Gläschen Marc. Was wollte er denn schon wieder?«

»Keine Ahnung. Er war stockbesoffen. Ich habe versucht, ihn vor die Tür zu setzen ...«

Der Wachtmeister war zufrieden. Er lächelte seinem Glas zu und blickte sich im Café um, wo jetzt dämmerige Kühle herrschte. Nur ein vereinzelter Sonnenfleck, man wusste nicht, woher er kam, tanzte auf der Tapete.

Monsieur Jean schenkte sich ebenfalls ein Gläschen ein und kippte es, ganz gegen seine Gewohnheit, auf einen Zug hinunter. Der Wachtmeister sah sich veranlasst, einen Blick nach nebenan zu werfen, wo Madame Fernande saß.

Erst dadurch bekamen seine Worte ihren wahren Sinn.

»Hat er nichts gesagt?«

Monsieur Jean stotterte verlegen:

»Ich hab nicht aufgepasst ...«

»Er ist nämlich kein übler Kerl. Im Steinbruch führt er sich anscheinend tagelang anständig auf. Dann packt es ihn, er beginnt zu saufen und verschwindet.«

Monsieur Jean fragte sich, wo Thérèse wohl steckte. Vielleicht half sie oben dem Doktor.

»Wer ist der Mann, den er getroffen hat?«

»Ich weiß nicht. Er ist erst zum zweiten Mal hier.«

»Wird er Anzeige erstatten?«

Sie tranken jeder noch ein Gläschen, um die Zeit totzuschlagen.

Félix kam wieder in die Küche, nicht aus Neugier, sondern um zu essen. Die alte Nine saß noch immer allein dort. Er öffnete den Kühlschrank.

Er hätte verkünden können:

»Thérèse macht sich davon.«

Er wusste es, aber er schwieg; nicht aus Diskretion, sondern weil er gern alles für sich behielt.

Er aß im Stehen ein Stück Suppenfleisch. Im ersten Stock waren Schritte zu hören, und da das um diese Zeit etwas Ungewöhnliches war, sah er Nine an.

»Ein Gast hat eine Flasche an den Kopf bekommen«, erklärte die Alte.

»Welcher Gast?«

»Ich weiß nicht ... Er war allein im Café.«

Félix lachte nicht, aber nur weil er niemals lachte, weil er vielleicht überhaupt nicht lachen konnte. Aber immerhin rief er aus:

»Das ist bestimmt mein Neffe!«

Sogar der alten Nine, die sich über nichts wunderte, kam das alles sonderbar vor.

»Können wir bitte unsere Rechnung haben, Madame Fernande?«

Alles im Haus war wieder mehr oder weniger an seinem Platz; der Wirt und der Wachtmeister im Café, Madame

Fernande an der Kasse im Restaurant, wohin das junge Ehepaar soeben nach einem letzten Gang an die Loire zurückgekehrt war. Die beiden waren in drei Tagen braun geworden.

»Reisen Sie heute Abend ab?«

»Ja, morgen geht's wieder an die Arbeit. Wir nehmen den Zug um neunzehn Uhr fünfzehn.«

»Sie essen nicht mehr hier zu Abend?«

»Vielleicht könnten Sie uns einen kalten Imbiss zurechtmachen, wir essen dann im Zug.«

Félix und Nine hörten mechanisch zu, denn die Türen standen immer offen. Nun kam Thérèse zurück, die offenbar durch die Hintertür weggegangen war.

Niemand fragte, wo sie gewesen war, und es fiel auch nicht auf, dass sie ihr gutes Kleid anhatte. Allerdings war es ebenfalls schwarz.

»Sie müssen die Tische decken, Thérèse.«

Thérèse antwortete nie:

»Ja, Madame.«

Das war ihr Prinzip. Sie antwortete nicht, sondern tat, was man ihr auftrug, mit demonstrativ übellaunigem Gesicht.

Niemand wusste so recht, worauf man wartete, aber man wartete – vermutlich darauf, dass der Doktor herunterkommen und über den Zustand des Verletzten berichten würde. Der helle Sonnenfleck war von der Tapete verschwunden, es wurde schwül, und der Himmel verdüsterte sich, als ob es regnen wollte.

»Thérèse!«, rief Madame Fernande, die die Rechnung für

73

das junge Ehepaar schrieb. »Was hat Nummer drei heute Morgen zum Frühstück gehabt?«

»Wie immer, Grapefruitsaft.«

»Keinen Kaffee?«

»Nein. Warum? Reisen sie ab?«

Félix hatte sein Fleisch aufgegessen und wollte gerade wieder in den Hof zurückgehen, blieb dann aber noch einen Augenblick stehen, weil er auf der Treppe Schritte und Geflüster hörte. Der junge Ehemann trat an die Kasse.

»Könnte ich einen Augenblick mit Ihnen sprechen, Madame Fernande?«

Sie wunderte sich, warum er auf einmal so ernst klang. Thérèse hingegen schien gleich zu begreifen. Sie verließ ostentativ den Speisesaal, blieb aber in der Küche, in der Nähe der offenen Tür stehen.

Félix war zu weit entfernt, um etwas zu verstehen. Der junge Mann sprach leise, und die Wirtin warf nur ab und zu ein kurzes Wort ein. Zum Schluss aber sagte sie deutlich:

»Kommen Sie hier herein. Zufällig ist gerade der Polizist da.«

Félix sah Thérèse an. Diese zuckte mürrisch die Achseln. Dann schien sie plötzlich einen Entschluss zu fassen und lief eilig in ihre Kammer hinauf.

Nine murmelte mit mildem Erstaunen:

»Was ist denn jetzt schon wieder, Félix?«

»Gar nichts.«

Im Café führte Madame Fernande das Wort, während die Augen ihres Mannes immer tiefer in ihren Höhlen zu versinken schienen.

»Ich bin sicher, dass Thérèse es getan hat«, schloss sie. »Es ist nicht das erste Mal, dass etwas im Haus verschwindet, aber jetzt handelt es sich um eine Uhr, die einem Gast gehört.«

»Wie hat die Uhr ausgesehen, Monsieur?«

»Eine goldene Armbanduhr. Ich hatte sie wie immer auf dem Nachttisch liegen lassen.«

»Wo ist das Mädchen?«, fragte der Wachtmeister Madame Fernande.

»Ich glaube, in der Küche.«

»Bringen Sie sie her.«

Alle waren überrascht, als ein völlig durchnässter Gast eintrat, denn niemand hatte bemerkt, dass ein sachter Sommerregen fiel. Madame Fernande war wieder am Telefonieren.

»Hallo! Épicerie Garissol? Entschuldigen Sie die Störung – aber ich habe eine dringende Mitteilung für Ihre Nachbarin, Madame Arbelet. Sie hat ja kein Telefon ... Ja, Arbelet ... Wären Sie so freundlich, sie zu rufen?«

Dabei bedeutete sie Rose durch Zeichen, sich um den verregneten Gast zu kümmern.

»Hallo! ... Bitte unterbrechen Sie nicht, Mademoiselle! ... Madame Arbelet? Ich soll Ihnen von Ihrem Mann ausrichten, dass er heute Abend nicht nach Hause kommen wird. Ja, er ist noch in Pouilly – im Weißen Ross ... Aber nein, bestimmt nicht! Er hat länger hier zu tun, als er gedacht hatte ... Guten Abend, Madame ...«

Wie immer in solchen Fällen gab es heute dreimal so

viele Gäste als sonst, Autos, die aus unerfindlichen Gründen anhielten, und Thérèse war nicht da. Der Wachtmeister hatte sie abgeführt, ohne auf die Schimpfworte zu achten, die sie ihm an den Kopf warf. In der Tür hatte sie sich noch einmal umgedreht, um ihrem Hass, nicht auf den Patron, sondern auf Madame Fernande, Ausdruck zu verleihen:

»Hochnäsige Ziege! ...«

Ihr Junge trieb sich irgendwo auf der Straße herum. Er tauchte im Hof auf, als es schon fast dunkel war, und Félix bemerkte gleichmütig:

»Die Patronne sucht dich ...«

»Warum haben sie meine Mutter eingelocht?«

»Keine Ahnung ... Geh zur Patronne! ...«

Im Restaurant saßen fünfzehn oder sechzehn Leute beim Abendessen. Es war peinlich, vor ihnen die Polizei anzurufen. Madame Fernande zog den Kleinen in die Küche.

»Lauf rasch zu deiner Mutter. Ach, du weißt schon, wo sie ist? ... Sie will dir was sagen ...«

Auf der Wache saß der Wachtmeister mit übergeschlagenen Beinen und munterem Blick da und rauchte seine Pfeife.

»Gib doch zu, dass du abhauen wolltest! Dein Koffer war fertig gepackt.«

»Ich hatte genug von dem Laden ...«

»Wo wolltest du denn hin?«

»Das geht Sie nichts an.«

»Du hast auf den Sechsuhrbus gewartet, nicht wahr? Darum hast du den Jungen gesucht ...«

76

Schon zwanzigmal hatte er gefragt:

»Wo ist die Uhr?«

Sie zuckte nicht mit der Wimper. Schließlich brummte sie:

»Die Patronne hat das Ganze erfunden, weil sie eifersüchtig ist!«

»Auf dich?«

»Sie können mir ruhig glauben, dass ihr Mann immer hinter mir her ist.«

»Das hast du jetzt oft genug gesagt. Man muss allerdings schon einen komischen Geschmack haben, um es mit einer Schlampe wie dir zu treiben!«

Er reizte sie absichtlich, und es gelang insofern, als Thérèse ihm nach und nach Einzelheiten mitteilte, und zwar in den gemeinsten, schmutzigsten Worten, die sie finden konnte.

»Verstehen Sie jetzt? Einmal hat der Kleine sogar alles mit angesehen ... Fragen Sie ihn nur ...«

Arbelet hatte keine Schmerzen, aber er konnte nicht schlafen. Man hatte das Licht in seinem Zimmer gelöscht, um ihn zur Ruhe kommen zu lassen, doch im Schein der Straßenlampe waren die Umrisse der Möbel undeutlich zu erkennen.

Seine Augen hatten keinen Schaden genommen. Nur die Kopfhaut war verletzt. Was Arbelet so erschreckt hatte, war eine Art Schminkeffekt gewesen: Mit seinem blutüberströmten Gesicht, aus dem ein Auge hervorschaute, hatte er entsetzlich ausgesehen.

Zur Not hätte er noch nach Hause fahren können, aber sie hatten ihm zugeredet, über Nacht zu bleiben, und er hatte sich überzeugen lassen.

Er lauschte auf die Geräusche im Haus und hoffte, dass Rose kommen würde, wie sie es schon einmal getan hatte, um zu fragen, ob er etwas brauchte.

Unten waren viele Leute, man hörte Geschirr und Besteck klappern, Gäste kommen und gehen, dann fuhren die Autos eins nach dem anderen wieder weg.

Um zehn Uhr war der Wachtmeister mit Monsieur Jean allein im Café. Die diversen Gläschen Marc gehörten jetzt schon zur Tradition.

»Aus dem Bengel habe ich nichts herausgekriegt, und sie streitet natürlich weiter alles ab. Die Uhr habe ich weder in ihrem Koffer noch sonst irgendwo bei ihr gefunden – obwohl sie sich nackt ausziehen musste …«

Warum leuchteten seine Augen? Besonders als er fortfuhr:

»Übrigens erzählt sie ungebeten, dass sie oft Männer in ihre Kammer mitnahm. Den Jungen hat sie derweil auf die Treppe hinausgeschickt. Jeder war ihr recht, Alte und Junge, Fuhrleute, die sie in dem kleinen Bistro bei der Brücke aufgelesen hat.«

Monsieur Jean wandte nicht einmal den Kopf zum angrenzenden Speisesaal, wo seine Frau, die die Tageseinnahmen abrechnete, alles hören konnte.

»Ich glaube«, fuhr der Wachtmeister fort, »dass sie schon lange die Absicht hatte, sich nach Marseille abzusetzen. Sie hat dort einen alten Liebhaber – einen ziemlich dunkelhäutigen Kerl, den ich letztes Jahr zu Silvester festnehmen musste, weil er auf die Leute losging.«

Für Arbelet in seinem Zimmer war das alles nur ein unverständliches, eintöniges Gemurmel. Nine war schlafen gegangen, nachdem sie die für sie schwerste Tagesarbeit hinter sich gebracht hatte: die siebenunddreißig Stufen, die in ihre Dachkammer hinaufführten.

Unter der gestreiften Markise draußen beleuchteten zwei elektrische Lampen die feine Schraffierung des Regens. Jetzt hielten die vorbeirasenden Autos nicht mehr an – bis auf das eines nervösen kleinen Herrn, der sich im Weg geirrt hatte und über Sancerre hinaus gefahren war.

Rose aß in der Küche, und Félix saß auf einem Stuhl und wartete, bis er seinen Nachtwächterposten auf dem alten Sofa im Gang einnehmen konnte.

Für Arbelet verging Minute um Minute – eine große Leere, eingeleitet vom Knipsen eines Schalters, das den ins Zimmer einfallenden matten Lichtschein um die Hälfte verminderte. Man hatte die Lampen auf der Café-Terrasse gelöscht. Eine Tür fiel ins Schloss, die Schritte des Wachtmeisters entfernten sich.

Niemand kam und fragte, wie es ihm ging, das kränkte ihn. Er vermochte Roses Schritt nicht zu erkennen, dafür erschien ein Lichtstreifen unter der Tür, die ins Nebenzimmer führte. Kurz darauf vernahm er die Stimme des Wirts:

»Und?«

Dann die Stimme von Madame Fernande:

»Und was?«

Andere Geräusche ließen erkennen, dass das Ehepaar zu

Bett ging. Madame Fernandes Stimme blieb die ganze Zeit gleichmäßig ruhig, während Monsieur Jean in gedämpftem, aber aggressivem Ton sprach.

»Ist das alles, was du mir zu sagen hast?«

Darauf sie, offenbar auf dem Bett sitzend, wo sie sich die Strümpfe auszog:

»Was soll ich dir denn sagen?«

»Nichts!«

Stille. Einer von beiden putzte sich die Zähne, der andere legte sich ins Bett.

»Du hast also beschlossen, nichts zu sagen?«

Es war der Mann, der wieder anfing. Er war es gewesen, der sich die Zähne geputzt hatte, man hörte ihn nun umhergehen, während seine Frau sich nicht mehr rührte.

»Pass auf, Fernande ... Es ist jetzt nicht der Moment, mich zum Äußersten zu treiben ... Du verstehst sehr gut, was ich meine ...«

»Leg dich schlafen!«

»Und nach allem, was geschehen ist, hast du mir nichts weiter zu sagen?«

»Wozu denn?«

»Es macht dir also gar nichts aus, nein?«

»Mir wäre es lieber, wenn das alles nicht aufgerührt worden wäre ...«

»Du wusstest es also? Willst du das andeuten?«

»Bitte, leg dich endlich hin! Ich möchte schlafen ... Nebenan liegt der Verletzte, er könnte uns hören ...«

»Ich pfeif darauf! Seit Stunden gelingt es mir nicht, deinem Blick zu begegnen ...«

»Aber ja doch! Wann immer du willst! …«

»Was soll jetzt dieser Blick bedeuten?«

»Gar nichts, Jean! Zwing mich nicht, etwas zu sagen, was ich lieber nicht sagen möchte … Hoffen wir, dass alles wieder in Ordnung kommt, nicht wahr? Die Person verlässt das Haus …«

»Das will ich meinen!«

»Na also.«

Arbelet war betroffen, beinahe erschrocken. Dass es zwischen Mann und Frau so zugehen könnte, hätte er nicht für möglich gehalten. Noch erstaunlicher fand er, dass es der Mann war, der explodierte.

»Na also! Na also! Etwas anderes fällt dir nicht ein? Du deckst dein Spiel nicht auf, nicht wahr? Es macht dir anscheinend nichts aus zu erfahren, dass ich mit Thérèse geschlafen habe?«

»Jean!«

»Was, Jean? Und es ist bestimmt nicht das Einzige, was du erfahren hast! … Alles, ohne mit der Wimper zu zucken! … Du sitzt ruhig an deiner Kasse! Dabei weißt du genau, dass nichts mich dermaßen reizen kann!«

»Leg dich endlich hin, Jean!«

»In dein Bett, wie? Neben dich, während … Bitte! Ich weiß nicht mehr, was ich sagen soll – aber du willst es ja so haben. Du widerst mich an!«

»Schrei nicht so, das ganze Haus kann dich hören.«

»Und ich erkläre dir, wenn du dieses Spiel weitertreibst, richte ich noch ein Unglück an …«

»Was willst du denn von mir? Soll ich dir eine Szene machen? Du kannst ja nichts dafür – du warst doch schon immer so.«

Sie war im Weißen Ross geboren. Fünfundzwanzig Jahre lang hatte sie ihren Vater jeden Abend betrunken gesehen, sodass die Hausbewohner zu zittern begannen, wenn er sich zu den Gästen setzte.

Ab sieben Uhr abends tauschten sie beunruhigte Blicke. Die Mutter winkte die Tochter herbei, um ihr zuzuflüstern:

»Bleib in seiner Nähe …«

Sie wandten alle möglichen Listen an, um die Schäden zu begrenzen, aber er konnte noch so betrunken sein, er war schlauer als sie alle und durchschaute ihre Absichten.

Dann wurde er wütend, wie Jean eben, aber seine Wutanfälle waren fürchterlich. Er zertrümmerte aus bloßer Lust am Zertrümmern, und manchmal schlug er auch zu.

Jean trank nicht, und er traf rührende Vorsichtsmaßnahmen, wenn er hinter den Dienstmädchen her war. Hinterher warf er seiner Frau zerknirschte Blicke zu.

»Ich glaube nur, du solltest aufpassen«, sagte sie jetzt. »Der Vater von Rose streicht wieder in der Gegend herum. Heute Mittag hat er mit Stephan im Café du Pont einen Aperitif getrunken.«

Jean wusste nicht, wie er reagieren sollte. Er hätte gern weitergewütet.

»Na und? Was geht mich das an?«

»Du weißt doch, wie die Flussschiffer sind. Wenn er einmal eins über den Durst trinkt … Seine Tochter ist schließlich minderjährig …«

Arbelet glaubte nachträglich, die Bewegung gesehen zu

haben. Der Wirt hatte den erstbesten Gegenstand ergriffen, eine Vase oder einen Blumentopf, und ihn auf den Fußboden geworfen.

»Beruhige dich«, sagte seine Frau.

Er lachte höhnisch:

»Das ist leicht gesagt! Beruhige dich! Beruhige dich! Ja, du bist ruhig, wahrhaftig! Du bist immer ruhig! Solang du nur an der Kasse sitzt und Geld einnimmst …«

»Wär's dir lieber, wenn ich heulen und dir Vorwürfe machen würde? – Wo willst du hin?«

Offenbar war er zur Tür gegangen.

»Ich weiß nicht … Lass mich!«

»Jean!«

»Zum Teufel!«

Er riss die Tür auf. Sie sprang aus dem Bett und lief ihm auf bloßen Füßen nach.

»Du bleibst hier, verstanden? Wir werden auch so schon genug Unannehmlichkeiten haben.«

Sie machte die Tür zu. Er blieb. Sie legte sich wieder ins Bett, und kurz danach lag er neben ihr.

Das Licht unter dem Türspalt erlosch.

Arbelet glaubte eine weibliche Stimme zu hören, die in der Dunkelheit ganz leise fragte:

»Weinst du?«

Dann kam nichts mehr.

6

Christian merkte nichts, aber auf Émile machte der Vorfall einen tiefen Eindruck. Noch Jahre später erinnerte er sich an die Geschichtslektion jenes Tages, einen Abschnitt über Karl den Großen, den er auswendig herunterleierte, während seine Mutter den Tisch deckte.

Die Worte kollerten aus seinem Mund wie Murmeln. Das Fenster stand offen. Monatelanger Regen hatte die Männchen nicht weggewaschen, die Émile einmal mit Kreide auf die gegenüberliegende Ziegelmauer gezeichnet hatte.

Das Haus hatte vier Räume, wie aus dem Baukasten, zwei unten, zwei oben. Vorne das Esszimmer, das gleichzeitig der Salon war, hinten die Küche, wo sie frühstückten, um »nichts schmutzig zu machen«.

Nebenan der Laden von Madame Garissol, die auch Gemüse, Petroleum und die Zehnerlose der staatlichen Lotterie verkaufte. Von Zeit zu Zeit hörte man die Ladenglocke anschlagen.

»Madame Arbelet, Sie werden am Telefon verlangt!«

Mutter war hinübergelaufen, wie sie war, in Hausschuhen und Küchenschürze. Als sie zurückkam, fiel Émile eine Veränderung an ihr auf, die er sich nicht recht erklären konnte. Seine Mutter war weder traurig noch böse, noch nervös. Sie verkündete lächelnd:

»Wir können essen. Papa kommt heute Abend nicht nach Hause ...«

Trotzdem erinnerte sie ihn irgendwie an die Gestalten in den amerikanischen Filmen, die einen Schlag auf den Kopf bekommen haben. Als ob sie betäubt gewesen wäre. Beim Essen starrte sie auf die dämmrig blaue Straße hinaus und vergaß, den Kindern aufzutun.

Oben im ersten Stock blieb die Tür zwischen dem nach vorn gelegenen Schlafzimmer der Eltern und dem Kinderzimmer offen. Viel später, als er gerade am Einschlafen war, hörte Émile das leise Klappern der Haarnadeln, die Madame Arbelet aus ihrer Frisur nahm und in eine Glasschale auf dem Toilettentisch fallen ließ.

Am nächsten Tag war Waschtag, das merkte er am Geruch des Hauses, als er sich morgens auf den Schulweg machte. Man wusste nicht, würde es regnen oder schön werden. Der Himmel war blau, aber es zogen graue Wolken mit einem verdächtigen weißen Rand vorüber.

Der Junge fühlte sich verwirrt, ohne zu wissen, warum. Irgendetwas war nicht in Ordnung. Auf dem Weg zur Schule schabte er mit dem Lineal an den Hauswänden entlang.

Zu Hause sagte Maman zu Marthe, die dreimal in der Woche zum Waschen und Putzen kam:

»Bitte passen Sie einen Moment lang auf den Kleinen auf, Marthe!«

Sie lief zu Madame Garissol, die sie nicht leiden konnte,

hinüber, um zu telefonieren. Um diese Uhrzeit saß Madame Fernande noch nicht an der Kasse im Weißen Ross. Es war niemand in der Nähe des Telefons. Monsieur Jean war weggegangen. Er konnte nicht weit sein, denn er hatte nicht einmal seine Mütze aufgesetzt, aber er war nicht da. Vielleicht auf der Polizei?

Rose trug gerade ein Frühstückstablett hinauf. Félix schwitzte in seinem Verschlag. Das Telefon schrillte ins Leere, und die arme Nine hielt sich die Ohren zu. Endlich entschloss sie sich doch, aufzustehen und sich langsam zum Apparat hinüberzubewegen.

Sie war nicht an den Umgang mit dem Telefon gewöhnt.

»Ja, das Weiße Ross ... Nein ... Ich bin nicht die Wirtin ... Nine heiß ich ... Was wollen Sie? ... Ich weiß nicht, wovon Sie reden ... Wer spricht dort?«

Nine quälte sich ab. Und die Beine taten ihr beim Stehen so weh!

»Welcher Herr? ... Ein Herr aus Nevers? ... Ich weiß nicht ... Meinen Sie vielleicht den, der verletzt ist? Der ist noch im Bett ...«

Germaine Arbelet war fast erleichtert, als sie das hörte.

»Wie viel bin ich Ihnen schuldig, Madame Garissol?«

Maurice war verletzt! Das erklärte zumindest, warum er nicht nach Hause gekommen war – zum ersten Mal seit ihrer Heirat!

Es erklärte auch, warum der Anruf am Vorabend so bedrückend auf sie gewirkt hatte. Sie war ganz verstört gewesen, ohne triftigen Grund. Wenn man sie gefragt hätte, was mit ihr los sei, hätte sie nur antworten können:

»Ich weiß nicht – aber es wird etwas passieren …«

Maurice war verletzt, das war es! Jetzt wusste sie wieder, was sie zu tun hatte.

»Marthe, wir waschen heute nicht. Oder besser noch – machen Sie nur die Buntwäsche. Ich muss weg, ich weiß nicht, ob ich zum Mittagessen wieder da bin. Geben Sie den Kindern zu essen, und passen Sie auf den Kleinen auf.«

Sie lief in ihr Zimmer hinauf und zog sich sorgfältig an, wie zu Pfingsten. Christian war in sein Spiel vertieft und merkte gar nicht, dass sie wegging. Er fragte erst mittags nach ihr, als sie nicht an ihrem Platz saß.

Keine Aufregung! Das hatte keinen Sinn. Im Bus dachte Germaine nach, und als der Schaffner herankam, wusste sie, was sie ihn fragen wollte.

»Sind Sie heute schon diese Strecke gefahren?«

»Ja, die erste Tour, bis Sancerre.«

»Wissen Sie vielleicht, ob es in der Gegend von Pouilly einen Unfall gegeben hat?«

»Ich habe nichts bemerkt … Warten Sie, ich frage den Fahrer …«

Nein, der Fahrer wusste auch nichts von einem Unfall. Sie fuhren durch einen kurzen Platzregen, dann schien wieder die Sonne. Aber wenn es kein Autounfall war – was war dann passiert? Hatte ihr Mann sich am Ende mit Onkel Félix gestritten und …

Germaine erschrak, als sie von weitem ein Grüppchen von ein paar Leuten vor dem Weißen Ross stehen sah.

Doch sie rief sich zur Vernunft. Ihr Mann war ja schon

am Vortag verletzt worden, also standen die Neugierigen aus einem anderen Grund da.

Sie stieg aus und ging mit raschen Schritten zum Hotel hinüber. Auf der Café-Terrasse standen noch die Pfützen vom letzten Platzregen. Sie trat ins Restaurant ein, sah dort niemanden, wandte sich dem Café zu und blieb erschrocken stehen.

Gleich zwei Polizisten! Der eine, ein großer, blonder, saß an einem Tisch und schrieb. Der andere stand neben Thérèse, die gleichzeitig heulte und redete; bald murmelte sie mit dumpfer Stimme, dann schrie sie wieder, so laut sie konnte.

Der Wirt in seiner weißen Kochjacke und seiner Kochmütze stand mit den Händen in den Hosentaschen da und sah zu.

»Pardon, Monsieur ...«

»Einen Moment, bitte!«

Thérèse fuhr fort, ohne auf sie zu achten:

»Wenn ich Ihnen doch sage, dass es der Junge war! Der streunt überall herum! Er hat die Uhr auf dem Nachttisch dieser Leute gesehen und sie genommen, nur so zum Spielen, er versteht das ja noch nicht! Sonst hätte er sie doch nicht einfach in seine Schürzentasche gesteckt! Dort habe ich sie gefunden, aber sie war zerbrochen ...«

»Ihr Sohn sagt, das sei nicht wahr!«, fiel ihr der Polizist ins Wort.

»Und ich sage Ihnen, dass er lügt!«

»Ich traue ihm aber mehr als Ihnen. Ich habe ihn zwei Stunden lang verhört, und er hat sich kein einziges Mal widersprochen. Bei Ihnen dagegen weiß jeder, was Sie taugen …«

»Entschuldigen Sie, Monsieur …«, versuchte Germaine Arbelet aufs Neue anzubringen.

Ohne sie auch nur anzusehen, gab der Wirt ihr zu verstehen, dass sie den Mund halten solle.

»Ich werde Ihnen sagen, wie sich die Sache abgespielt hat«, fuhr der Wachtmeister selbstgefällig fort. »Sie wollten schon seit langem zu Ihrem Liebhaber nach Marseille zurück. Das haben Sie noch vor drei Tagen im Café du Pont erzählt, wo Sie gewöhnlich Ihre nächtlichen Begleiter aufgabeln. Mit wem sind Sie an dem Abend zum Fluss hinuntergegangen? Denn Sie brauchen ja nicht einmal ein Bett!«

»Das geht Sie nichts an! Hier musste ich es sogar im Stehen machen, im Keller!«

Ihre Tränen waren getrocknet.

»Sie wollten also sowieso fort, und als Sie sahen, dass es mit Ihrem Mann immer schlimmer wird, haben Sie Ihre Sachen zusammengepackt. Sie mussten auf den Sechsuhrbus warten. Da ist Ihnen die Uhr in den Sinn gekommen, die Sie auf dem Nachttisch gesehen hatten. Sie wussten nicht, dass die Gäste noch am selben Abend abreisen und den Diebstahl beim Kofferpacken bemerken würden.«

Thérèse sah ihn erschrocken an. Er strahlte vor Stolz.

»Wollen Sie etwa behaupten, dass es nicht so war?«

»Nein, so war es nicht!«

Sie wandte sich zum Wirt um:

»Aber der hier wird es mir noch büßen! Wenn ich dem Vater von Rose begegne, erzähle ich ihm alles! Die Schweinereien, die sie morgens um sechs miteinander treiben, und was er ihr alles beigebracht hat! Er hat ja sehr seltsame Gelüste!«

»*Pardon* …«, unterbrach Germaine Arbelet. Sie hielt es nicht mehr aus, war so fassungslos, als ob der Polizist plötzlich nackt vor ihr gestanden hätte.

»Was ist?«, fragte er.

»Ich komme meinen Mann abholen …«

»Sie sind Madame Arbelet?«

Der Wirt gab sein Bestes.

»Bitte, Madame … Sie haben am Telefon mit unserer alten Küchenmagd gesprochen … Die hat Ihnen einen Schreck eingejagt, dabei gibt es gar keinen Grund dafür … Bitte, kommen Sie. Achtung, hier ist eine Stufe …«

Am Morgen hatte Christian nicht gemerkt, dass seine Mutter wegging, obwohl sie sich in Hut und Mantel von ihm verabschiedet hatte.

Und jetzt merkte Germaine kaum, dass sie sich in Bewegung setzte, dass sie hinter einem weiß gekleideten Koch eine Treppe hinaufstieg und einen gefliesten Flur entlangging und dass in ihrem Kopf eine Armbanduhr herumspukte.

Was für eine Uhr? Sie wusste es nicht. Das Ganze war wie ein wüster Traum, dieses bissige Mädchen, das gleichzeitig schluchzte und schimpfte, der zufrieden lächelnde Polizist …

»Es geht ihm ausgezeichnet. Ein blöder Zufall …«

Jean klopfte an eine Tür. Jemand antwortete:

»Herein!«

Germaine sah ihren Mann im Bett sitzen, mit einem Verband um die Stirn. Neben der Tür stand die hübsche kleine Kellnerin mit einem Tablett in der Hand.

»Germaine! Komm rein!«

Er lächelte. Es war das matte Lächeln eines Verletzten oder Kranken, und sie verspürte einen leisen, misstrauischen Stich.

»Haben Sie noch einen Wunsch?«, erkundigte sich der Wirt.

Mit finsterer Miene ging er hinaus und schob Rose vor sich her, ohne sie auch nur anzusehen.

Germaine blieb stehen und fragte:

»Was ist dir denn passiert?«

»Ich habe im Café gesessen und auf den Onkel gewartet.«

Noch während er es sagte, wusste er, dass es falsch war, nur die halbe Wahrheit. Dabei wollte er nicht lügen, sondern die Geschichte nur abkürzen und nicht lang erklären, dass er ein erstes Mal mit dem Onkel gesprochen und beschlossen hatte, vor seiner Abreise noch einmal mit ihm zu reden, und dass er sich in der Zwischenzeit ins Café gesetzt hatte.

Das war zu umständlich.

»Ich habe im Café gesessen und auf den Onkel gewartet. Dann kam ein Mann herein, ein Pole, stockbetrunken. Er schrie herum, der Wirt wollte ihn vor die Tür setzen ... Da hat er eine Wasserflasche durch den Saal geschleudert – und die habe ich an den Kopf bekommen.«

An alldem war nichts Außergewöhnliches. Warum also brachte es Maurice Arbelet in Verlegenheit, seine Geschichte zu erzählen, als hätte er ein schändliches Geheimnis zu verbergen?

Seine Frau spürte diese Verlegenheit, hatte deshalb auch kein allzu großes Mitleid und murmelte nur:

»Ist die Wunde tief?«

»Nein, es ist nur die Kopfhaut. Ich hatte vor, in einer Stunde nach Hause zu fahren, wenn mir der Arzt den Verband erneuert hat.«

»Hat es sehr weh getan?«

»Im ersten Moment habe ich überhaupt nichts gespürt. Erst später ... Warte ... Ich stehe auf.«

In diesem Augenblick traf ihn ein ganz kleiner Satz wie ein spitziger Pfeil:

»Dann hast du Onkel Félix also gar nicht gesehen ...«

»Doch ...«

»Ich meinte, du konntest nicht mit ihm sprechen?«

»Doch! Das muss ich dir erklären ...«

Es war schon zu spät. Er spürte es an Germaines Blick, und weil er es spürte, redete er wie jemand, der lügt und obendrein weiß, dass man ihn der Lüge verdächtigt.

»Ich hatte schon vorher mit ihm gesprochen, weißt du ... Aber weil er mich nicht sehr freundlich angehört hatte, wollte ich noch einmal ...«

Aber das war es nicht, was Germaine beunruhigte. Nein, sie hatte jetzt dasselbe Gefühl wie am Vorabend, als Madame Garissol sie ans Telefon rief.

Es lag eine Gefahr in der Luft, sie wusste nur nicht, welche. Ihr Mann war unterdessen in aller Unschuld aufgestanden und zog sich an.

»Warum hast du mich nicht angerufen?«

»Gestern? Ich hätte nicht hinuntergehen können. Der Schock, weißt du … Ich hatte immerhin ein bisschen Fieber …«

»Aber heute früh?«

Ja, warum hatte er sie nicht angerufen? Die Wahrheit klang einfach zu dumm: Obwohl er gewohnt war, um sieben Uhr aufzustehen, hatte er verschlafen. Als er dann gegen halb neun aufgewacht war, hatte er keine Lust gehabt, sich zu rühren, weil er sich so wohl gefühlt hatte in dem weichen, warmen Bett, noch von der letzten Süße eines verfliegenden Traumes umfangen …

»Man hat mich nicht geweckt«, murmelte er ungeschickt. Und um sich aus der Affäre zu ziehen, fügte er schmollend hinzu:

»Du hast mir nicht einmal einen Kuss gegeben!«

Sie tat es gehorsam.

»Weißt du – die Leute hier sind ganz durcheinander von allem, was passiert ist, sie kümmern sich gar nicht richtig um mich. Und wenn ich gleich weggefahren wäre, hätten sie womöglich gedacht …«

»Was hätten sie gedacht?«

Natürlich! Was für ein Unsinn! Im Nebenzimmer war Madame Fernande gerade mit ihrer Toilette fertig geworden. Sie trat auf den Gang und blieb einen Augenblick stehen, um den Stimmen zu lauschen. Unten warf sie einen Blick ins Café, wo der Wachtmeister Rose verhörte.

»Sie erklären also, dass Sie die Uhr nie gesehen haben. Halten Sie Thérèse für eine ehrliche Person?«

»Ich weiß nicht …«

»Hätten Sie ihr Geld anvertraut?«

»Ich weiß nicht …«

Thérèse sah sie mit hartem Blick an, während Monsieur Jean hinter der Theke verdrossene Gleichgültigkeit mimte. Als er seine Frau nebenan eintreten sah, ging er zu ihr in den Speisesaal.

»Man hat die Uhr gefunden«, sagte er missmutig.

»Wo?«

»Bei dem Jungen. Thérèse behauptet, dass er es war.«

Er hatte die ganze Geschichte satt! Mit einem Blick hatte er erkannt, dass seine Frau ihre Haltung seit dem Tag zuvor nicht geändert hatte.

Sie tat, als hätte sie nichts gesehen, nichts gehört oder als sei ihr alles egal. Während sie sich vor dem Spiegel die Haare zurechtzupfte, fragte sie:

»Hast du die Speisekarte fertig?«

»Noch nicht.«

Er stützte den Ellbogen auf die Kasse, zog einen Stift aus der Tasche und befeuchtete ihn mit den Lippen, obwohl es ein Tintenstift war.

»Es sind noch Crevetten da … Ich werde eine Pastete bestellen …«

Er hatte keine Lust zu arbeiten. Madame Fernande deutete in Richtung Decke.

»Ist das seine Frau, die gekommen ist?«

»Ja.«

»Was hat sie gesagt?«

»Nichts … Ich weiß nicht … Zum Teufel, ich habe es satt!«

Da war es plötzlich, in dem Augenblick, als er es am wenigsten erwartete. Er hatte es satt, jawohl! Er ging in die Küche, wo Nine allein in ihrem Winkel am Fenster saß. Ihm war zum Heulen zumute. Er tat es nicht, wurde stattdessen wütend, durchmaß die Küche und marschierte in den Hof hinaus, wo er beinahe dem Hund einen Fußtritt versetzt hätte.

Dabei wiederholte er unwillkürlich:

»Ich habe es satt! Ich habe es satt!«

In diesem Augenblick fühlte er sich als Opfer, und das hätte ihm niemand ausreden können. Warum? Wessen Opfer? Das alles war unbestimmt, aber jedenfalls hatte seine Frau seit dem Vortag kein Wort dazu gesagt – als wollte sie mit dieser ganzen Schweinerei nichts zu tun haben.

Was hatte er denn so Schlimmes getan? Mit den zwei Dienstmädchen geschlafen? Na und?

»Jean!«

Er rührte sich nicht. Seine Frau musste bis zur Hoftür kommen. Ein weißes Huhn pickte neben ihrem Schuh herum.

»Der Doktor ist da.«

»Dann soll er hinaufgehen!«

Er kümmerte sich dann doch um den Doktor, das gehörte schließlich zum Geschäft, und war sogar beinahe liebenswürdig. Er bat Rose, heißes Wasser zu bringen, und zuckte die Achseln, als er sah, dass der Verletzte nur noch einen kleinen Pflasterverband brauchte.

Arbelet hingegen wirkte verlegen.

»Jean!«

Jetzt rief unten wieder jemand nach ihm! Es war der Wachtmeister, der sich verabschieden wollte.

»So. Ich bin hier fertig.«

»Was geschieht jetzt weiter?«

»Ich übergebe meinen Bericht an die Staatsanwaltschaft. Die Anklage wird auf Diebstahl und Hehlerei lauten. Vorerst nehme ich sie mit.«

Es hatte eben aufgehört zu regnen, und ein heller Sonnenstrahl traf Thérèse.

»Legen Sie mir keine Handschellen an?«, höhnte sie.

»Nicht nötig. Du läufst uns schon nicht davon. Also, los!«

Sie stand schon in der Tür, als Madame Fernande erschien.

»Was werden Sie mit dem Jungen machen?«, fragte sie den Wachtmeister.

»Ich weiß noch nicht … Wahrscheinlich kommt er in ein Heim …«

Sie sagte nichts, auch Thérèse schwieg. Es war vorbei, und die kleine Gruppe zog über die Terrasse mit den grün gestrichenen Möbeln ab.

»Warum hast du dich nach dem Kind erkundigt?«, fragte Jean, ohne seine Frau anzusehen.

»Nur so.«

Sie kehrte zur Kasse zurück und drängte ihren Mann:

»Wenn du mir die Speisekarte geben würdest, könnte ich schon anfangen.«

Sie schloss die Kasse auf und begann Rechnungen zu kontrollieren, während er *Langouste mayonnaise* hinschrieb, aber die Worte gleich wieder durchstrich, weil ihm eingefallen war, dass nicht mehr genug davon da war.

Schließlich ging er zum Kühlschrank, um nachzusehen.

Auf der Treppe wagte Arbelet, der seinen Strohhut in der Hand hielt, einen letzten Vorstoß.

»Sollten wir nicht noch einmal versuchen, mit deinem Onkel zu reden?«

»Nein. Das war doch alles deine Idee. Ich wusste von Anfang an, dass nichts dabei herauskommen würde.«

Sie betraten den sonnendurchfluteten Speisesaal. Die Wirtin kam ihnen mit liebenswürdigem Lächeln entgegen.

»Sie werden doch nicht einfach so wegfahren! Es ist bald Mittagszeit. Da sollten Sie noch eine Kleinigkeit bei uns essen. Was darf ich Ihnen zum Aperitif bringen?«

»Danke, nichts. Wir fahren nach Hause«, wehrte Germaine ab.

»Um halb zwei fährt ein direkter Bus.«

»Die Kinder warten ...«

Das stimmte nicht. Bei Marthe waren sie gut versorgt. Hier waren die Tische mit strahlend weißen Tischtüchern gedeckt, und auf dem Buffet standen Körbchen mit erlesenen Früchten.

»Mein Mann wird Ihnen ein feines, kleines Menü zusammenstellen ...«

»Danke, Madame. Wirklich nicht.«

Germaine war schüchtern und übertrieben höflich, aber Madame Fernande drängte nicht weiter. Auch sie war eine Frau, und der Tonfall hatte ihr genügt.

Noch dazu dieses Lächeln – sollte es Dankbarkeit ausdrücken? Und der Blick auf den Mann und dann auf die Tür.

»Auf Wiedersehen.«

»Dann also auf Wiedersehen. Ich kann Ihnen nicht sagen, wie sehr wir den Zwischenfall bedauern.«

Sie kamen an der Bäckerei vorbei, wo sie am Pfingstmontag die Croissants gekauft hatten, und standen dann an der Bushaltestelle. Von hier aus konnte man die ganze Straße sehen, die Pouilly zwischen zwei Reihen von Restaurants und Geschäften durchquerte und dann in die Landschaft hinunterführte.

»Tut es noch weh?«, fragte Germaine.

»Nein.«

Er überlegte kurz.

»Ein klein wenig.«

»Geh lieber aus der Sonne.«

Das Wirtshausschild mit dem weißen Ross schwebte im blauen Himmel. Arbelet war das Herz schwer, er wusste nicht, warum. Aus der Verwirrung seiner Gefühle tauchten noch trübere Empfindungen auf, ein bitterer Groll, ja, sogar ein Drang zur Revolte.

Wieder sah er die unförmige Gestalt des Onkels vor sich und fühlte den herablassenden Blick auf sich ruhen.

»Ich habe ganz vergessen, die Rechnung zu verlangen!«, sagte er plötzlich.

Er hatte wirklich nicht daran gedacht und hatte auch nicht vor, deswegen zum Hotel zurückzulaufen.

»Das fehlte gerade noch!«, erwiderte seine Frau. »Wie spät ist es?«

Émile war verwirrt, als er aus der Schule kam und seine Mutter nicht zu Hause war. Marthe stand in einer weißen Schürze am Herd und kochte. Das war sonderbar – ebenso sonderbar wie der vorangegangene Abend ohne seinen Vater!

Und obwohl die Sonne sehr hell in den Hof schien, wo Marthe die bunte Wäsche aufgehängt hatte, fand er das alles ein bisschen beunruhigend.

Im Bus war es so laut, dass man sich kaum unterhalten konnte. Die Köpfe wackelten im selben Rhythmus, die Augen waren auf die Straße geheftet. Arbelet konnte wegen seiner Wunde den Hut nicht aufsetzen, und Germaine hielt mit beiden Händen die Handtasche fest, die auf ihren Knien stand.

7

Wegen eines Geschäftsreisenden, der keine Lust zum Schlafengehen hatte, musste bis elf Uhr abends geöffnet bleiben. Monsieur Jean, der an dem Tag Magenprobleme hatte, sah sich gezwungen, mit ihm eine Partie Jacquet nach der anderen zu spielen.

Endlich entschloss sich der Gast hinaufzugehen. Man hörte, wie er noch einmal die Tür von Nummer sieben öffnete, um seine Schuhe hinauszustellen. Unten brannte nur noch eine Lampe. Monsieur Jean musterte die Flaschen über der Theke und überlegte, was er trinken sollte.

In der offenen Tür wartete Félix mit seiner alten Decke über den Schultern.

Der Wirt tat zuerst, als bemerkte er ihn nicht. Er suchte sich einen starken Schnaps aus und goss sich ein Glas voll ein.

»Was schaust du mich denn so an?«, murmelte er schließlich.

Félix starrte auf das Gesicht des Wirts und sagte:
»Ich schaue Sie nicht an ...«

Das stimmte fast. Er sah Monsieur Jean nicht an, er sah ihn nur zufällig, weil er eben in seinem Blickfeld stand. Aber er sagte »Ich schaue Sie nicht an ...« auf eine Art und

Weise, die nur Irrsinn oder Unverschämtheit bedeuten konnte.

Monsieur Jean warf ihm einen bösen Blick zu, einen ganz kurzen, aber sehr düsteren Blick, der von düsteren Gedanken zeugte.

»Hast du getrunken?«

Er wandte sich ab, ohne eine Antwort abzuwarten, und machte die letzte Lampe im Café aus.

»Wenn du dich nicht endlich entschließt, dich sauber zu halten, werfe ich dich demnächst hinaus ...«

Er wusste, dass der Alte sich auf das alte Ledersofa im Gang legen würde, wo tagsüber die nichtsahnenden Gäste Platz nahmen, und betrachtete angewidert die ausgelegene Kuhle. Dann zuckte er missmutig die Achseln und ging, von schmerzhaften Magenkrämpfen gepeinigt, die Treppe hinauf.

Félix blickte ihm nach, bis er die letzte Stufe erreicht hatte. Dann ließ er seine zerlumpte Decke auf das Sofa fallen und kratzte sich ausgiebig den Kopf und den Hals unter dem schmutzstarrenden Hemdkragen.

Da hatte ihn der Trottel dort oben doch tatsächlich gefragt, ob er getrunken hätte! Und das mit der Miene eines Herrn, der weiß, was er sagt, und sich nichts vormachen lässt!

»Ich muss wirklich mal einen ...«

Einen umbringen, natürlich! Aber aller Wahrscheinlichkeit nach nicht Monsieur Jean, sondern ...

Er legte sich hin, dehnte und streckte sich stöhnend und knipste das Licht aus. Jetzt war alles dunkel, und man hörte im ganzen Haus kein Anzeichen von Leben, kaum das Knabbern und Rascheln der Mäuse in dem alten Gemäuer.

»Ich muss wirklich ...«

Schon spürte er, dass »es« begann, dass »so eine« Nacht kommen würde. Er kämpfte nicht dagegen an, er wusste selbst nicht, ob er zufrieden oder erschrocken war.

Er ließ sich wollüstig gehen, während er unregelmäßig zu atmen begann und sein Gesicht schweißnass wurde.

Monsieur Jean hatte vom Alkohol gesprochen, weil es das Naheliegendste war. In Wirklichkeit hatte Félix im Laufe seines Lebens so viel getrunken, oft eine ganze Flasche Picon noch vor dem Frühstück, dass er nun Alkohol nicht einmal mehr riechen konnte, ohne dass ihm übel wurde. Seit mindestens zehn Jahren trank er nicht mehr, probierte höchstens ab und zu mal ein Glas Wein.

Im Übrigen brauchte er gar keinen Alkohol. Es kam ganz von selbst, so wie jetzt, nach bestimmten Tagen, aber es gab keine festen Regeln dafür. Er irrte sich manchmal selbst, während die anderen meist etwas ahnten.

Der Patron hielt ihn dann für betrunken, so wie an diesem Abend. Die alte Nine sah ihn an, als wäre er ein krankes Kind, und seufzte:

»Du hast wieder mal Fieber ...«

Er hatte in solchen Momenten eine erschreckende Art, die Leute anzusehen, blieb zum Beispiel plötzlich vor ihnen stehen und starrte sie aus seinen unbeweglichen Pupillen an; oder er beobachtete jede ihrer Bewegungen, als hätte er noch nie einen lebenden Menschen gesehen.

Ihm wurde schnell heiß, dann lief ihm gleich wieder ein Schauer über den Rücken. Dabei war er ziemlich sicher, dass es nicht an der Temperatur oder am Wetter oder sonst einem Quatsch lag.

Die eigentliche Ursache war immer ein Schock, ganz gleich welcher Art. Ein zufällig aufgeschnapptes Wort, eine Nachricht, die er in der Zeitung gelesen hatte, ein unerwarteter Anblick, alles, was einen aufregen konnte. Oder auch ein Feiertag wie der vierzehnte Juli oder Weihnachten.

Diesmal hatte es etliche Gründe zur Aufregung gegeben: der Besuch seines Neffen und dessen ganzes Gerede, dann die Geschichte mit der Armbanduhr, die Gendarmen und Thérèse, die herumgepöbelt hatte …

»Ich muss wirklich mal …«

Er hielt den Atem an, weil er etwas hörte, ein ganz leises Geräusch auf der Treppe. Er griff nach dem Schalter, knipste ihn an und runzelte die Stirn, als er sah, dass es Rose war, die mit den Schuhen in der Hand die Treppe herunterkam.

»Was hast du vor?«, fragte er halblaut.

»Ich muss kurz weg …«

»Wozu?«

Sie zog sich seelenruhig die Schuhe an.

»Antworte! Willst du zu Thérèse?«

Thérèse war zwar des Diebstahls angeklagt, aber vorläufig noch auf freiem Fuß. Am Abend, als die Gäste beim Essen saßen, war sie ins Haus gekommen.

Sie hatte ihnen allen die Stirn geboten, hatte das Restaurant durchquert und war in ihre Kammer hinaufgegangen, um ihre Sachen zu holen.

In der Küche hatte Rose verkündet:

»Sie ist da …«

Und Monsieur Jean hatte sich weiter am Herd zu schaffen gemacht, während Madame Fernande die Tische im Restaurant überwachte.

»Du gehst zu Thérèse, nicht wahr?«

»Das geht Sie nichts an …«

»Aber ich könnte dem Patron erzählen, dass …«

»Dann erzähle ich ihm, dass Sie ein altes Schwein sind und uns jeden Morgen zugucken …«

Damit öffnete sie die Tür und verschwand in der Dunkelheit. Félix vergaß zunächst, das Licht wieder zu löschen. In Gedanken folgte er Rose. Sie konnte nur ins Café du Pont gegangen sein, denn um diese Uhrzeit war sonst nichts mehr offen.

»Ich muss wirklich …«

Diesmal schaltete sein Gehirn viel schneller, als er erwartet hatte. Gewöhnlich brauchte es eine Weile, um sich auf eine bestimmte Person einzustellen. Monsieur Jean hatte er schon mindestens zehnmal umgebracht, der interessierte ihn nicht mehr. Da war Madame Fernande schon verlockender, weil sie eine feine, ruhige Dame war, und der Gedanke, sie splitternackt unter seinem drohenden Blick zu sehen …

Bevor Rose heruntergekommen war, hatte er sich beinahe für seinen Neffen entschieden, der früher oder später bestimmt wieder auftauchen würde.

Aber jetzt hatte er geschaltet. Es war Rose! Und der Fall war umso ernster, als sie jeden Augenblick zurückkommen würde, in Fleisch und Blut.

Seine Haut war wieder feucht, er atmete mühsam. Dabei wusste er nicht, ob er die Augen offen oder geschlossen hielt. Jedenfalls sah er alles bis in die kleinste Einzelheit vor sich. Als Erstes musste er sich das Handtuch holen, das hinter der Theke hing.

Dann würde er sich hinter die Tür stellen und warten. Nicht lange! Thérèse hatte Rose offenbar kommen lassen, um ihr etwas anzuvertrauen oder irgendwelche Pläne für den Prozess zu schmieden. Um halb zwölf spätestens wurde das Café du Pont geschlossen, und Rose würde eilends zurückkommen, weil sie Angst hatte. Sie würde an der Tür kratzen, um nicht zu klingeln und den Patron aufzuwecken.

Und dann …

Er erlebte alles ganz intensiv, machte in Gedanken jede Bewegung der Reihe nach.

Jetzt lag Rose mit einem Knebel im Mund – das schmutzige Handtuch von der Theke! – anstelle von Félix auf dem Sofa. Er stand vor ihr und ließ sich Zeit, denn er konnte alles mit ihr machen, was ihm gefiel.

Allerdings galt es da zu wählen, zu entscheiden, was am besten wäre, um nachher nichts zu bereuen! Er musste das Maximum herausholen, sonst lohnte sich das Ganze nicht.

Vielleicht dass …

Er war nicht wie die anderen, wie die Gäste, wie all die Männer, die mit Rose herumschäkerten und in ihr nur ein schönes sechzehnjähriges Mädchen, einen frischen, zarten Bissen sahen.

Er hatte sie in Augenblicken belauscht, in denen sie sonst niemand sah. Außerdem hatte er einen besonderen Blick für die Menschen, er sah sie gleichzeitig in der Gegenwart und in der Zukunft.

Rose zum Beispiel würde wie Thérèse werden – verludert und verbissen ... Das hatte man an ihrer Stimme gehört, als sie drohte: *Dann erzähle ich ihm ...*

Überhaupt ihre Stimme! Das war kein frisches, junges Ding mehr, sondern ein Mädchen auf der schiefen Bahn.

Thérèse hatte ihr verraten, dass Félix sie jeden Morgen durch seine Luke beobachtete, und sie hatte sich nicht geschämt. Sie hatte sich schnell an die Vorlieben von Monsieur Jean gewöhnt und machte das so selbstverständlich, wie sie bei Tisch servierte.

Félix musste von vorn anfangen, dort wo er hinter der Tür wartete. Seine Gedanken waren abgeschweift, seine Phantasie hatte ihn verlassen, er sah Rose nicht mehr auf dem Sofa liegen.

Also noch einmal, von Anfang an. Sie kratzte an der Tür, und er stand mit dem Handtuch in der Hand ...

Warum sah er plötzlich Arbelet, der erstaunt im Gang stand und ein Zimmer verlangte? Er verscheuchte seinen Neffen – doch jetzt war es das Gesicht von Monsieur Jean, mit dem tückischen Blick, den es an gewissen Tagen hatte.

»Ich muss wirklich mal ...«

Er wälzte sich schwerfällig auf die andere Seite, schlug die Augen auf und entdeckte wieder einmal, dass Arbelet

Penders ähnelte. Vielleicht hatten sie aber auch keinerlei Ähnlichkeit? Es war unwichtig, denn Félix spürte, dass es sich um ein und dieselbe Person handelte. Wenn er Penders mit aufgerissenem Mund unter seinem Baum liegen sah, war es eigentlich sein Neffe, der ihn flehend anblickte. Monsieur Jean hingegen war …

Er hörte draußen schnelle Schritte, achtete aber lange nicht darauf. Rose musste eine ganze Weile an der Tür kratzen, bevor er sich mühsam hochwuchtete und zögernd Licht machte. Dabei brummte er:

»Ich muss wirklich mal …«

Er hatte Schmerzen. Er wusste nicht, wo es ihm weh tat, er verzerrte das Gesicht wie ein gequältes Wesen. Endlich zog er die Kette weg, drehte den Schlüssel um und sah, wie der Türknopf von außen gedreht wurde.

Er stand reglos neben der Tür, während Rose in einem Hauch frischer Nachtluft eintrat. Sie blieb erstaunt stehen, weil sie niemanden sah, bis sie Félix schließlich entdeckte, der sich an den Türrahmen lehnte.

»Was haben Sie denn?«

Er hielt beide Hände in den Taschen vergraben, die Nägel tief ins Fleisch gepresst. Und er wusste nichts zu sagen als:

»Du hast dich …«

Ein rohes, eindeutiges Wort. Sie lachte frech.

»Warum nicht?«

Schon war sie an der Treppe und lief leichtfüßig hinauf, während Félix ohne einen Gedanken im Kopf die Kette wieder vorlegte und den Schlüssel im Schloss umdrehte.

»Ich muss …«

Seine Augen standen voll Wasser, seine Finger zitterten. Während er sich in die Decke wickelte und das Licht löschte, schluchzte er beinahe auf.

»Werde ich denn nie …«

Das war ungerecht! Er konnte einfach nicht. Nichts konnte er! Er drehte sich im Kreis wie ein großes, krankes Tier, das an die Stangen seines Käfigs stößt.

Hätte nicht irgendwer ihn wenigstens ein einziges Mal ein klein wenig verstehen können?

Schön, er war nicht tot wie Penders! War das seine Schuld? Sie waren ja beide noch halbe Kinder gewesen, die keine Ahnung hatten. Sie sahen das Leben als Illustrationen in einem Bilderbuch!

Penders hatte sich eine Kugel in den Mund geschossen, weil er vermutlich noch hungriger oder noch durstiger gewesen war als er. Und Félix war so benommen, dass er ihm einfach zugesehen hatte, ohne zu begreifen.

Das hatte er bei der Untersuchung nicht gestanden. Er hatte erklärt:

»Ich hatte ihm gerade den Rücken zugekehrt, als er …«

Das war gelogen! Er erinnerte sich ganz genau. Penders hatte ihn gewarnt. Er hatte sogar gesagt:

»Wenn du nach Frankreich zurückkommst, geh zu meiner Schwester …«

War nicht Penders der Schuldige? Er war an allem schuld, denn von da an hatte es für Félix kein normales Leben mehr gegeben!

Wenn er trank, sah man ihn angewidert an …

Wenn er mit einer Schwarzen lebte, weil keine Weiße ihn haben wollte, taten die Leute, als müsste ihnen übel werden ...

Und dann kam der Gipfel: Als er Croupier in Paris war, hatte man ihn vor die Tür gesetzt, weil er Mundgeruch hatte!

War das gerecht? War es fair, dass ein beliebiger Kerl, ein Mensch, der zufällig vorbeiging ...

»Ich muss wirklich mal ...«

Würde er diesen Satz wie ein armer Idiot sein Leben lang wiederholen und nicht den Mumm aufbringen, einer dummen kleinen Rotznase den Hals umzudrehen wie einem Huhn?

Er hatte Fieber. Da war es wieder. Er würde den Wagen des spielfreudigen Geschäftsreisenden nicht waschen können und dafür angeschnauzt werden ...

Und am nächsten Tag musste er dann auf seinem Strohsack liegen bleiben, schwitzend und schlotternd und mit einem endlosen Dröhnen im Kopf.

Wer würde ihm sein Essen bringen? Thérèse war nicht mehr da. Rose fürchtete sich vielleicht vor ihm – und wenn schönes Wetter war, würde man schon mit den Gästen kaum fertig werden!

Männer, Frauen, die im Auto angefahren kamen ...

Währenddessen lag Monsieur Jean neben seiner Frau in dem breiten Nussbaumbett. Wann immer er ein wenig fiebrig war oder auch nur lauter atmete, wachte sie sofort auf und brachte ihn behutsam dazu, sich auf die andere Seite zu drehen ...

Ob sie sich morgens, wenn er das Zimmer verließ, vielleicht nur schlafend stellte? Weinte sie am Ende heimlich, während er sich mit den Dienstmädchen vergnügte?

Brauchte sie darum so lang für ihre Toilette? Weil sie geweint hatte und die Spuren verwischen musste? War ihr Gesicht darum so verdächtig rosig, wenn sie herunterkam?

Félix schlief nicht. Er schlief nie. Er lag nur mit geschlossenen Augen da und dachte auf eine andere Art nach – in kurz aufflackernden, zusammenhanglosen Bildern.

Doch er verlor keinen Augenblick das Bewusstsein, dass er dick, schwer und schmutzig hier auf dem Ledersofa oder auf seinem Strohsack über der Garage lag.

Es kam vor, dass er ein tierisches Knurren ausstieß, die Augen aufschlug und auf einen bestimmten Punkt im Raum starrte, ohne aus seiner Betäubung zu erwachen.

Er hätte Chinin schlucken können, wie andere Leute, die in den Kolonien gelebt hatten, aber da wäre sein Fieber gesunken, und das Fieber war mehr oder weniger alles, was er besaß.

Zum Schluss konnte er jeweils spüren, wie jeder einzelne Schweißtropfen sich anstrengte, eine Pore zu erweitern und herauszuquellen, wie er auf der Haut zögerte, ehe er sich mit den anderen vereinte. Er war überzeugt, dass er die Arbeit seiner Eingeweide und sogar die Fehlzündungen eines gealterten Herzens wahrnahm, das niemals rund gelaufen war.

Trotzdem – obwohl er die längste Zeit wie ein streunender Hund gelebt, sich von Abfällen ernährt, irgendwo ge-

schlafen und sich alle möglichen Krankheiten geholt hatte –
war er mit seinen dreiundfünfzig Jahren doppelt so stark
wie ein Arbelet mit fünfunddreißig!

Durch und durch verfault, ja, aber stark. Es gibt solche Bäume, und sie widerstehen der Zeit länger als die anderen.

Eine Tür ging auf und zu, es war die zur Toilette im ersten Stock. Vielleicht der Geschäftsreisende, der so gerne
Jacquet spielte? Oder Monsieur Jean mit Bauchweh?

Wenn er lautlos hinaufginge, dem anderen im dunklen
Korridor auflauerte?

»Ich muss wirklich mal …«

Am schlimmsten war, dass Penders es auf diese Art und
Weise gemacht hatte. Aber im Augenblick, als es geschah,
wirkte es so selbstverständlich wie ein Telefonanruf.

Sie hatten schon längst nicht mehr die Kraft, miteinander zu reden oder weiterzugehen, und fragten sich, ob die
anderen eine Suchkolonne nach ihnen ausschicken würden.
Penders saß, mit dem Rücken an einen Baum gelehnt, auf
der Erde. Plötzlich seufzte er auf.

»Ich kann nicht mehr! Ich kneife …«

Und er fügte hinzu:

»Wenn du nach Frankreich zurückkommst, geh zu meiner Schwester …«

An den Auftrag selbst erinnerte sich Félix nicht mehr. Es
war etwas ganz Banales – dass sie seine Uhr einem Freund
schenken sollte, oder so etwas.

Er zog seinen Revolver aus dem Halfter. Es war ein
Trommelrevolver. Er nahm alle Kugeln einmal heraus,

legte sie dann wieder zurück und steckte den Lauf in den Mund.

Félix konnte nicht ahnen, dass es so schnell gehen würde. Penders nahm den Lauf wieder aus dem Mund, betrachtete ihn, verzog dabei das Gesicht zu einer Grimasse, vielleicht wegen des Geschmacks, und in der nächsten Sekunde feuerte er ab.

Das war alles!

Félix richtete sich schwankend auf, denn nach solchen Nächten trugen ihn seine dicken Beine nicht. Er ließ die Decke zu Boden gleiten, löste die Kette, drehte den Schlüssel im Schloss und öffnete die Tür, die das Sonnenlicht hereinließ.

Eigentlich hätte er jetzt die Abfalleimer hinaustragen sollen, aber er hatte nicht die Kraft dazu.

Er wusste nicht, ob er hungrig war oder ob ein anderer Schmerz in seiner Brust und seinem Bauch wühlte.

Oben rührte sich etwas. Er ging in die Küche und war erstaunt, als er die dicke Nine dasitzen sah.

»Was machen Sie hier?«, fragte er.

»Nichts …«

Sie war nur ein paar Minuten früher dran als sonst, aber es traf ihn wie ein außergewöhnliches Ereignis.

Nein, ihm war nicht gut. Er musste sich beruhigen. Der Hund zerrte an seiner Kette.

»Ich leg mich wieder hin …«

»Das Fieber?«

Er antwortete nicht, durchquerte die Garage und kletterte seine Leiter hinauf. Zweimal musste er innehalten. Er hatte plötzlich das Gefühl, sehr krank zu sein. Vielleicht war es diesmal das Ende.

Der Gedanke machte ihm Angst. Wie zum Trotz stieg er auf die zwei Kisten, um Rose zu sehen, um zu wissen, ob der Patron bei ihr war, um ...

Nach dem ersten Blick aus seiner Luke verhärteten sich seine Züge.

Rose hatte ihr Fenster mit einem Handtuch und einem alten Rock verhängt. Man konnte nicht in ihre Kammer sehen.

»Ich muss wirklich ...«

Jetzt blieb ihm nicht einmal mehr das! Und in der Nacht war er so blöd gewesen, ihr nicht ...

Er setzte sich auf den Rand seines Strohsacks. Er vergaß, sich hinzulegen. Penders hatte auch gesessen, als ...

Er hatte das Bedürfnis zu schreien. Er schrie. Aber er rief nur:

»Nine! ... Nine! ...«

Daraufhin bellte der Hund los, und Félix' Stimme war nicht mehr zu hören. Er musste abwarten.

»Nine! ... Nine! ... Jemand soll heraufkommen! ...«

Er zitterte. Er hatte Angst. Unten bei den Autos rührte sich etwas.

»Hier oben! ... Ich bin krank ... Jemand muss heraufkommen ...«

Er glaubte zu spüren, dass sein Schweiß kälter wurde, und bei dem Gedanken, immer weiter zu erkalten ...

Nine konnte nicht auf die Leiter steigen.

»Ich sage Monsieur Jean Bescheid!«, rief sie von unten.

Und wenn jetzt seine Atmung versagte?

Er hatte solche Angst, dass er es nicht wagte, sich hinzulegen, die Körperhaltung eines Toten einzunehmen.

Er hielt die Hand auf sein pochendes Herz, wartete, lauschte. In der Garage krähte ein Hahn, zwei Höfe weiter antwortete ein anderer.

8

W as fehlt ihm denn?«, fragte Mélanie, während sie mit großem Krach die Teller aufeinandertürmte.

Nine, mit blassem, aufgedunsenem Gesicht, um das die Morgensonne einen Heiligenschein webte, antwortete kopfschüttelnd:

»Es ist sein Fieber! …«

Als ob das Fieber ein persönlicher Besitz wäre. Wenn sie sich mit ihren quietschenden Pantoffeln in die Küche schleppte, hieß es auch:

»Es sind ihre Beine …«

Bei den anderen heißt es »ihr« Bauch, »ihre« Augen!

Doch es lohnte sich nicht, Mélanie lange Erklärungen abzugeben. Sie dachte schon nicht mehr an Félix. Sie hatte nach ihm gefragt, weil sie durchs Küchenfenster das kleine graue Auto von Doktor Chevrel erblickt hatte, das im Hof genau auf der Grenze zwischen Schatten und Sonne stand.

Mélanie gehörte beinahe zum Haus. Sie wohnte mit ihren vier Kindern in der zweiten Querstraße links und wurde, wenn Hilfe nötig war, gerufen. An Feiertagen kam sie von selbst. Sie kannte sich aus, sie wusste, wo alles stand, und redete nicht wie eine Außenstehende.

»Ich an seiner Stelle hätte sie nicht vor die Tür gesetzt.

Monsieur Jean hätte sich mit ihr arrangieren sollen … Jetzt läuft sie im ganzen Ort herum und erzählt Geschichten … Wenn der Vater von der Kleinen nur die Hälfte davon zu Ohren bekommt …«

Es war ein besonders strahlender Morgen. Man hätte meinen können, dass die sonnendurchwärmte Luft stellenweise tatsächlich nach Honig schmeckte. In der Küche surrten mindestens zehn Wespen um Mélanie herum.

Mélanie arbeitete wie ein Pferd, das seine Karre zieht, ohne auszusetzen, ohne nachzudenken, immer weiter, mit viel Geklapper.

Außergewöhnlich war, dass Madame Fernande früher als sonst erschien, wie immer frisch und wie aus dem Ei gepellt, mit ihrem gewohnten leisen Lächeln. Und noch außergewöhnlicher war, dass sie zuerst in die Küche kam.

»Guten Morgen, Nine … Guten Morgen, Mélanie … Ist der Doktor noch da?«

Erst dann ging sie zu ihrer Kasse im Restaurant.

Das Lieferauto des Metzgers hatte eben vor der Tür angehalten. Der Tag versprach sehr heiß zu werden. Der Asphalt glänzte wie lackiert, und die Straße roch nach Teer.

In der Garage scharrten die Hühner. Zwei liefen hintereinander her und sagten einander die Meinung.

Monsieur Jean kam als Erster die Leiter herunter, der Doktor folgte ihm vorsichtig, um sich möglichst wenig zu beschmutzen. Unten angelangt, klopfte er die Hose mit der Hand ab und wischte sich die Finger mit dem Taschentuch sauber.

»Wie er es nur in diesem Schmutz aushält?«

Der Wirt antwortete:

»Wenn ich ihm ein anständiges Zimmer gebe, sieht es nach ein paar Tagen genauso aus. Er macht es absichtlich …«

Die beiden machten ein paar Schritte, blieben in der Garagentür stehen und blickten in den sonnigen Hof hinaus, wo der Hund an seiner Kette sie erwartungsvoll beobachtete, als erhoffte er sich etwas – vielleicht nur ein freundliches Wort?

»Na, was halten Sie davon?«, erkundigte sich der Wirt mürrisch.

Der Doktor war zwar noch jung, aber er hatte schon viele Menschen sterben sehen, meistens durch ihre eigene Schuld.

»Ein schwerer Malariaanfall …«

»Wird er davonkommen?«

»Eines Tages wird er jedenfalls nicht mehr davonkommen …«

Oben hatte sich Félix mit klebriger Haut und starren Augen von seinem Strohsack aufgerafft und war bis an den Rand der Leiter gekrochen, um zu horchen. Er sah die Umrisse der beiden Männer wie einen Scherenschnitt in der hellen Türöffnung. Der Wirt hatte die Hände in den Hosentaschen. Der Doktor zündete sich eine Zigarette an, deren Rauch wie ein hauchfeines Gespinst über den Erdboden zog.

»Was kann man machen?«, fragte der eine, trotz allem besorgt.

»Chinin«, antwortete der andere, den der Fall kaltließ.

Nach kurzem Zögern fügte er hinzu:

»Sie sollten ihn lieber ins Krankenhaus bringen ... Der Mann ist ein Wrack ... Eines schönen Tages wird sein Zustand kritisch werden, und dann ist er vielleicht nicht mehr transportfähig ...«

Félix lag oben auf dem Bauch, um besser zu hören. Unter seinem Fuß knarrte ein Brett. Die beiden Männer hörten das Geräusch, achteten aber nicht darauf.

»Und stellen Sie sich das vor – ein Schwerkranker in einem Betrieb wie Ihrem ...«

Félix hielt den Atem an, damit man ihn unten nicht hörte. Der Doktor tat einen Schritt auf seinen Wagen zu und blieb noch einmal stehen.

»Falls das Chinin nicht richtig wirkt, rufen Sie mich an. Dann komme ich vorbei und setze ihm eine Spritze ...«

»Hat er auch Syphilis?«

»Ich glaube nicht. Ich habe ihn nicht daraufhin untersucht. Aber die Behandlung ist sowieso die gleiche wie bei Malariaanfällen ...«

Erstaunlicherweise hatte Madame Fernande die Bestellung beim Metzger erledigt, ohne ihren Mann zu rufen. Sie hatte sogar einen Gast bedient, der ein Bier verlangte, denn Rose musste oben die Zimmer machen.

Als der Doktor die Autotür öffnete, gab Jean sich einen Ruck.

»Ich möchte Sie noch etwas fragen – meinetwegen«, murmelte er mit abgewandtem Blick. »Könnten Sie einen Augenblick hinaufkommen?«

Félix legte sich nicht wieder hin, obwohl es nichts mehr

zu hören gab. Er hielt sich nur mühsam aufrecht, betrachtete seinen Strohsack jedoch mit Grauen. Wenn er sich gehenließ und seine Kräfte weiter schwanden, würden sie kommen und ihn ins Krankenhaus zerren.

Er setzte sich auf den Rand seines Lagers, stützte die Ellbogen auf die Knie und legte seinen Kopf in die Hände. Bald begann er sich hin- und herzuwiegen, von rechts nach links, von links nach rechts, als schlingerte er auf dem Meer, auf einem flachen, spiegelglatten Meer, er wusste nicht mehr, wo, von einer unsichtbaren Dünung bewegt, die einen seekrank machte. Gleichzeitig hörte er die Hühner gackern und die Fliegen summen, er hörte die Autohupen auf der Straße, mehr oder weniger entfernte Stimmen, alles ganz deutlich, aber wie in einer anderen Welt.

Er nahm seine ganze Energie zusammen.

»Jetzt stehe ich auf ...«

Dann gab er noch ein paar Minuten zu, um auch seine letzten Kräfte zu sammeln.

»Ich muss aufstehen ... Sonst kommen sie, diese Schweine ...«

Er fror. Er hatte schon nichts mehr zu trinken. Die geschlossenen Augen in den Händen verborgen, wusste er nicht recht, was er sah; Landschaften, die vielleicht nicht wirklich waren oder aus wirklichen Stücken zusammengesetzt, die sich bewegten und überschnitten, ineinander verschmolzen, Lichter, Farben, ein stechender Schmerz in der linken Seite, und immer dieses Schlingern, sodass er das Wasser, das er morgens getrunken hatte, plötzlich erbrechen musste.

Danach tränten ihm die Augen, aber er weinte nicht. Er klammerte sich an eine der Kisten, auf die er morgens immer kletterte, um Rose zu beobachten.

Er musste warten. Der Anfall würde vorübergehen. Er durfte sich nur nicht hinlegen, sich nicht gehenlassen!

Jemand ging mit Holzschuhen über den Hof, dann hörte er das platschende Geräusch, mit dem ein Wassereimer ausgeschüttet wurde. An den Holzschuhen erkannte er Mélanie, die sie offenbar als Ersatz für Thérèse geholt hatten.

Wieder wiegte er sich hin und her wie ein Bär. Kurz zuvor hatte der Doktor ihn noch gefragt:

»Na, wie geht's, alter Dickhäuter?«

Plötzlich überlegte er, was klüger wäre. Wenn er aufstand und in den Hof hinunterging – würden sie das vielleicht ausnutzen, um ihn in einen Wagen zu stecken und ins Krankenhaus zu befördern?

Wenn er hingegen auf seinem Strohsack liegen bliebe und sich einfach nicht von der Stelle rührte – würden sie es wagen, ihn mit Gewalt wegzuschaffen? …

Und wenn er einen geladenen Revolver hätte? Was konnten sie dann noch tun?

Einen Revolver … Er wusste, wo einer zu finden war: in der Theke, in der dritten Schublade.

Fast hätte er gelacht. Jetzt musste er nur den richtigen Augenblick abwarten, seine Kräfte zusammennehmen …

Und dann … dann …

Er fühlte sich dermaßen erleichtert, und die Schaukelbewegung wurde so mächtig, dass er einschlief.

An solchen Tagen kamen manchmal dreißig Gäste zum Mittagessen – und es stand noch nichts auf dem Herd. Mélanie war gerade mit dem Geschirr vom Vortag fertig geworden und wischte noch schnell die Küche auf, die nicht sehr sauber war. Als sie den Patron mit dem Doktor hinaufgehen hörte – es war der Doktor, der sie die beiden letzten Male entbunden hatte –, fragte sie Nine:

»Was fehlt ihm denn? Ist er auch krank?«

Autos und immer noch mehr Autos fuhren vorbei. Die funkelnden Karosserien wirkten so luxuriös und fröhlich, dass sie am liebsten alle mitgefahren wären.

Madame Fernande sah die Autos von der Kasse aus, wo sie über ihren Abrechnungen saß, runzelte aber nur die Stirn, wenn eines anhielt.

»Mélanie!«, rief sie in die Küche. »Sagen Sie Rose, sie soll herunterkommen, auch wenn sie mit den Zimmern noch nicht fertig ist. Sie soll die Tische decken. Und Sie sollten sich ein bisschen zurechtmachen ...«

Zwei-, dreimal blickte sie zur Decke hinauf. Später wunderte sie sich, dass der Doktor ihr nur von weitem zuwinkte, statt ihr zum Abschied die Hand zu drücken.

Ein leiser Schauer lief ihr über den Rücken, und sie musste sich richtig zusammennehmen. Als ihr Mann an ihr vorbei in die Küche ging, hob sie kaum den Kopf.

Wenn der Magen nicht in Ordnung war, wurde sein Gesicht bleifarben, er hatte dunkle Ringe um die Augen und eine griesgrämige Miene.

Daran war sie gewöhnt – aber als er jetzt vorbeiging, sah er erschreckend aus. Er biss die Zähne zusammen, seine

Haut war wächsern und sein Blick so starr, dass man meinte, er würde stolpern, weil er nicht sah, wo seine Füße hintraten.

»Jean!«

Ihr Ton war gleichzeitig bittend und fest. Er zuckte zusammen, schien weitergehen zu wollen.

»Mach die Tür zu ...«

Die zur Küche, denn alle anderen Türen standen immer offen. So lebten sie ja – zwischen offenen Türen und fremden Leuten.

Sie saß hinter ihrer Kasse, er stand vor ihr und wartete.

»Was hat er dir gesagt?«

Am liebsten hätte sie geschwiegen, seine Antwort nicht abgewartet. Ihr Körper hatte Angst. Es war erschreckend, eine Frage an dieses fahle Gesicht zu richten, vor allem an diese Augen, die chaotische Bilder zu sehen schienen.

»Ich weiß nicht, wovon du redest«, brachte er hervor.

Er versuchte bissig zu sein, aber seine Not war zu groß, es gelang ihm nicht. Er trug seine blau-weiß karierte Kochhose und seine weiße Kochjacke mit den zwei Knopfreihen, die an den Ellbogen geflickt war. Es fehlte nur noch die hohe weiße Mütze.

Seine Frau sah ihn an, wie sie ihn noch nie angesehen hatte, flehend und angstvoll zugleich.

»Es ist also so?«, stammelte sie.

»Was meinst du damit?«

»Das weißt du genau ...«

Ein Zittern durchlief ihn, er senkte den Kopf. Sie fuhr fort:

»Thérèse ist krank, nicht wahr?«

Er war nicht imstande zu antworten, stürmte in die Küche, riss die Ofentür auf, schürte die Kohlenglut, dass die Flammen aufloderten.

In diesem Licht wirkte er nicht mehr ganz so bleich. Plötzlich wandte er den Kopf zum Fenster, wo Nine saß. Ihm war, als hätte auch sie ihn komisch angesehen.

»Was ist denn heute los?«

»Nichts, Monsieur Jean …«

Er musste sich an irgendetwas festhalten, alltägliche Handgriffe ausführen, sonst wäre er imstande gewesen, laut zu heulen – vor Wut, vor Angst, vor Verzweiflung. Er öffnete den Kühlschrank. Dann steckte er den Kopf in den Speisesaal.

»Hast *du* das Hammelfleisch bestellt?«

»Ja …«

»Wir hatten es vorgestern auf der Speisekarte …«

Das Telefon. Die Stimme seiner Frau.

»Gern, Monsieur Chapuis … Gewiss, Monsieur Chapuis … Natürlich … Also für acht Personen? … Danke, Monsieur Chapuis, gute Fahrt …«

Er blickte noch einmal hinüber.

»Monsieur Chapuis hat von Fontainebleau aus angerufen … Sie wollen zeitig zu Mittag essen – acht Personen … Er hat Fischkroketten bestellt und gebratene Nieren …«

Rose kam herunter. Sie war sich mit dem Kamm durch die Haare und mit einem nassen Handtuch über das Gesicht gefahren. Madame Fernande sagte freundlich:

»Acht Gedecke für Monsieur Chapuis, einen Fenstertisch … Sind heute Morgen keine Blumen gekommen? …
Geh schnell zu Billon hinüber und hol welche …«

»Ja, Madame …«

Um irgendetwas zu tun, füllte Madame Fernande eine
Wasserkaraffe und ging die Lorbeerbäume auf der Terrasse
gießen – dreimal machte sie den Weg. Beim dritten Mal
glaubte sie oben an der Ecke eine Polizeiuniform zu erkennen und daneben die Gestalt von Thérèse.

Die leeren Stunden waren vorüber. Das erste Auto hielt
an. Zwei Männer und eine Frau stiegen aus. Sie hatten es
eilig, weil sie noch am selben Tag bis nach Nizza fahren
wollten, und bestellten nur Sandwiches.

Rose lief flink hin und her. Mélanie – sie war zwanzig
Zentimeter größer als alle anderen im Haus – deckte ungeschickt die Tische. Sie hatte statt der Holzschuhe ihre
schwarzen Filzpantoffeln angezogen, weil sie angeblich in
normalen Schuhen nicht gehen konnte.

In einem einsamen Hof jenseits der Loire untersuchte
Doktor Chevrel einen alten Mann, der im Sterben lag.

Monsieur Jean, dem die Kehle immer noch wie zuge-
schnürt war, durchquerte den Saal und betrat das Café.
Als ihm plötzlich Félix gegenüberstand, erschrak er und
brachte zunächst kein Wort heraus. Der Nachtwächter, der
noch in seine zerlumpte Decke gehüllt war, sah wirklich
wie ein Gespenst aus. Man wusste nicht, ob man sich vor
ihm fürchten oder über ihn lachen sollte.

»Was treibst du hier?«

»Nichts …«

»Was hast du hier zu suchen? Warum bleibst du nicht liegen?«

Daraufhin lachte Drouin nur höhnisch auf. Während der Wirt sich ein Gläschen einschenkte – einen hellgrünen Aperitif –, ging der Alte rückwärts zur Tür und taumelte durch den Hof.

Hinter dem Küchenfenster war Nines dickes Gesicht zu sehen. Félix zog mit hämischem Grinsen einen großen Dienstrevolver ein Stückchen aus seiner Tasche, einen Trommelrevolver, ähnlich wie der von Penders.

Dann ging er weiter. Er war zufrieden mit sich! Er hatte ihr einen tüchtigen Schreck eingejagt! Sie sah ihn im Dunkel der Garage verschwinden.

»Bist du da drüben, Jean?«

»Ja.«

Von ihrem Platz aus konnte Madame Fernande nicht hinter die Theke im Café sehen, und es war so ein Tag, an dem jeder wissen wollte, wo die anderen gerade waren.

»Was machst du?«

»Ich trinke ein Glas Wein ...«

Das war gelogen. Er trank Pernod, beinahe pur, wenn auch mit Widerwillen, weil er wusste, dass er davon wieder Magenkrämpfe bekommen würde. Er sah Thérèse auf dem schattigen Gehsteig gegenüber vorbeispazieren. Vor der Pferdemetzgerei blieb sie wie zum Trotz stehen und plauderte mit dem Metzgerburschen.

»Es riecht angebrannt ...«, sagte Madame Fernande.

»Ich komme schon ...«

Tat er es instinktiv? Ahnte er auf einmal, weshalb Félix

herübergekommen war? Jedenfalls zog er mechanisch die dritte Schublade auf und stellte fest, dass der Revolver nicht mehr dort lag. Er wollte an der Kasse vorbeigehen, aber wieder hielt ihn ihre Stimme fest.

»Jean ...«

»Was denn?«

»Hör zu ... Ich weiß, dass du dich quälst ... Aber du solltest dir klarmachen, dass es nicht so schlimm ist, dass man auch wieder gesund werden kann ...«

Chevrel hätte besser mit ihr sprechen sollen als mit Jean! Sie hätte ihn vorbereitet, ihm alles schonend beigebracht.

Jetzt antwortete er mit boshaftem Lachen:

»Ach, wirklich?«

Sie wollte noch etwas sagen, sah sich im Saal um und wartete, bis die Betroffene nichts hören konnte.

Sie musste sich beeilen. Überall waren Leute, und obendrein würden bald die Gäste eintreffen.

»Ihr – sag lieber nichts ...«

Er hatte verstanden. Er sah, dass der Blick seiner Frau auf Rose ruhte.

»Darum werde ich mich kümmern ...«

Er musste noch die Fischkroketten und die Nieren für acht Personen zubereiten.

Am meisten ging ihm auf die Nerven, dass er alles mitbekam. Er wusste, welches Gesicht die Leute hinter seinem Rücken machten.

Sogar Nines friedliche Miene war heute anders als sonst!

»Was hast du denn? Kannst du nicht antworten?«

»Aber ich habe doch gar nichts, Monsieur Jean!«

Er fuhr sich mit der Hand übers Gesicht – eine krampfhafte Bewegung, die er an diesem Tag ständig machte.

»Warum schaust du mich so an?«

»Ich schau Sie nicht an, ganz bestimmt nicht!«

Und wenn er alles stehen und liegen ließe? Eine volle Stunde lang dachte er an nichts anderes, während er an seinem Tisch, an seinem Herd herumhantierte.

Einfach stehen und liegen lassen! …

Der Satz ging ihm nicht mehr aus dem Kopf, genauso wie jener andere Satz, der von Félix:

»Ich muss wirklich mal …«

Alles stehen und liegen lassen! Fernande! Das Weiße Ross! Einfach alles! Was würden wohl die Leute sagen? Die Leute, die im Auto angefahren kamen und es immer mit dem Essen eilig hatten, was würden die sagen, wenn sie so wie er am Rand der Route Nationale festsäßen?

»Rose! Am Achtertisch fehlen noch Blumen … Monsieur Chapuis bringt ein paar Freunde mit.«

Sie ging selbst hin, um die Blumen zu arrangieren, und stand dicht neben Rose, die Servietten faltete und fächerförmig in die Gläser steckte.

Doch mit dem Gespräch ließ sich Madame Fernande Zeit. Bei Rose kam es nicht auf eine Stunde oder einen Tag an.

»Du solltest noch ein paar Eimer Wasser auf der Terrasse ausschütten … Nein, lieber doch nicht! … Das kann Mélanie machen …«

Rose blickte ihre Chefin verwundert an. Ihre Stimme klang ungewohnt sanft.

Was Félix machte, wusste niemand so recht. Aber sie waren jetzt auch alle vollauf beschäftigt, liefen mit Schüsseln, Gläsern und Tellern hin und her.

Das Lokal begann sich zu füllen, es wurde lauter, es herrschte eine unbekümmerte, fröhliche Ferienstimmung.

Félix hatte zuerst aus einem Wandschrank die großen blauen Emaillekrüge hervorgeholt, die für die Zimmer ohne fließendes Wasser gebraucht wurden, die sogenannten Kurierzimmer im Anbau.

Er hatte drei von ihnen randvoll mit Wasser gefüllt und sie mühsam in seinen Verschlag hinaufgeschleppt.

Er taumelte wie ein Betrunkener. Manchmal blieb er zehn Minuten irgendwo stehen, ohne auch nur den schweren Krug abzusetzen, als sei er plötzlich an allen Gliedern gelähmt.

Nine konnte ihn von ihrem Platz aus am besten beobachten. Die Sonne stand hoch und schien ihr nicht mehr auf die Haare und den Körper, sondern nur noch auf die Füße, die stets in unförmige Lumpen gewickelt waren.

Monsieur Jean sah Félix vor dem geöffneten Kühlschrank stehen, dachte aber, dass er wie gewohnt irgendwelche Reste zum Essen suchte.

Als er zum letzten Mal durch den Hof ging, wusste er kaum mehr, wo er war, in seinem Kopf drehte sich alles. Er sah den Hund an. Der Hund sah ihn an. Félix dachte:

›Ist das vielleicht das letzte Mal? …‹

Das letzte Mal – was?

Er erinnerte sich, dass man ihm einmal aufgetragen hatte, die Hundehütte gründlich zu säubern. Damals hatte er unter dem Stroh massenhaft abgenagte Knochen und verschimmelte Brotreste gefunden, also sozusagen Vorräte, die das Tier sich angelegt hatte.

Oben in seinem Verschlag, der keine richtigen Wände und nicht einmal ein Geländer zur Garage hin hatte, stellte der Nachtwächter alles, was er aufgelesen hatte, schön ordentlich rund um seinen Strohsack auf oder vielmehr zwischen den Strohsack und die Mauer.

Drei Krüge Wasser – eine ganze Wurst – ein Schinkenbein, das noch Fleisch für drei Mahlzeiten lieferte – ein Brot – Kekse ...

Er streichelte den Revolver und war drauf und dran, ihn auszuprobieren, um seiner Sache ganz sicher zu sein.

»Ich muss wirklich mal ...«

Aber er besann sich und wandelte sein Leitmotiv ab:

»Und jetzt ...«

Er hatte in diesem Augenblick nicht mehr die Kraft, sein Chinin zu schlucken, und ließ sich auf den Strohsack fallen. Da lag er schwer keuchend, mit offenem Mund und einem herabhängenden Arm.

Eine Viertelstunde später hätte man nicht sagen können, ob er röchelte oder nur schnarchte, und wie bei manchen Hunden waren seine Lider nicht fest geschlossen, sondern ließen ein wenig Weiß sehen.

9

Vielleicht liegt es ja in der Familie«, sagte Madame Brochard.

Das Gespräch drehte sich um ihren Bruder Félix. Das traurige Thema war noch längst nicht erschöpft. Doch ihr Blick fiel zufällig auf die Japannelken, die ein Gartenbeet säumten, und sie fragte:

»Wo hast du die Samen gekauft? Bei Berthelot?«

»Nein! Wir gehen immer zu Van Damme.«

Madame Brochard konnte die Spannung einer ernsthaften oder unangenehmen Unterhaltung nicht lange ertragen. Ihr Instinkt schützte sie. Er ließ sie einen Gegenstand, den sie die ganze Zeit vor Augen hatte, plötzlich neu entdecken und wie durch eine Lupe vergrößert sehen, sodass er alles andere verdrängte.

Das war wie eine Erholungspause. Sie lächelte unwillkürlich der Sonne zu, die mit ihren heißen Strahlen die Luft über den farbenfrohen Nelken erzittern ließ – wie Wasser, das gleich kochen wird. Undeutliche Bilder zogen an ihrer Netzhaut vorüber, mächtige Schwingungen belebten das Himmelsblau.

So wie man bei klarem Wetter bis auf den Meeresgrund hinabsieht, hatte man das Gefühl, dass man von hier aus bis auf den Grund der Welt hören konnte: Geräusche, die an anderen Tagen nicht wahrnehmbar waren; Türen, die viele Straßen entfernt auf- und zugemacht wurden, ein Kind, das hinter der Kaserne weinte, die Motorsäge des Schreiners, der den Tisch der Arbelets repariert hatte, das schrille Geschrei der Pause in einer weit entfernten Jungenschule ...

Die Klänge liefen hintereinander her, vermischten sich, flossen zusammen, um sich wieder zu trennen. Madame Arbelet hörte aus diesem Chaos nur einen dominierenden, durch eine kurze Stille isolierten Ton heraus, dessen Bedeutung sie kannte.

So war auch der Garten für sie etwas Festes und Beständiges wie eine Fotografie.

Die beiden Frauen saßen an der Rückwand des Hauses, die aus weniger schönen Ziegeln gemauert war als die Fassade. Heller Kies auf dem Boden, ein Tischchen, zwei Gartensessel, zwei Liegestühle und ein großer roter Ball, der Christian gehörte.

Die Beete waren mit großen, von Sonntagsspaziergängen mitgebrachten Feldsteinen eingefasst. Nelken, rechts der Pflaumenbaum. Auf beiden Seiten trennten niedrige, weiß gekalkte Mauern dieses fünfzehn Meter lange und sechs Meter breite Rechteck von anderen ähnlichen, aber fremden Rechtecken, von anderen Häusern, deren Hinterfront ebenfalls aus Ziegeln zweiter Wahl erbaut war.

Germaine Arbelet nähte. Christian saß auf dem Boden und spielte mit einem Bilderbuch, das auf einem Stuhl lag. Er benutzte diesen als Lesepult, denn er mochte es sehr, Gegenstände anders als vorgesehen zu gebrauchen.

Madame Brochard trug ihr bestes Kleid, ihre Kamee und ihren mit kleinen Brillanten besetzten Rubinring.

Der Zauber der Nelken verblich. Die Erholungspause war zu Ende.

»Wovon haben wir doch gleich gesprochen? Ach, ja …«

Die Tochter war daran gewöhnt.

»Und du glaubst wirklich, dass man da nichts machen kann?«

»Gar nichts … Ich habe nie viel darüber gesprochen, aber dein Großvater war auch ein bisschen sonderbar – nur auf andere Art. Manchmal verschwand er einfach, ohne jemandem ein Wort zu sagen … Wir suchten überall nach ihm – und eines schönen Tages kam dann ein Brief vom anderen Ende Frankreichs, in dem stand, dass Maman mit uns Kindern zu ihm fahren sollte …«

Eine kurze Stille. Ein Traum schwebte vorbei, sie hatte nicht die Zeit, ihn festzuhalten.

»Und weil er ständig davon redete, nach Amerika auszuwandern, dachten wir jedes Mal, dass er jetzt hingefahren wäre … Wenn ich daran denke, dass mein Garten genauso groß ist wie der hier und ich gar nichts davon habe!«

Germaine wartete. Das war besser. Ihre Mutter bedauerte wieder einmal, dass sie die Erdgeschosswohnung ihres Häuschens vermietet und für sich selbst nur den ersten Stock zur Verfügung hatte.

»Und stell dir vor, sie beschweren sich noch wegen Boby, weil er ein einziges Mal in den Hausflur gemacht hat! …«

Boby hob augenblicklich den Kopf. Er war ein kleiner Hund mit glattem, rotbraunem Fell und gestutztem

Schwanz. Einen Moment blickte er aufmerksam zu seiner Herrin auf, dann streckte er sich mit einem Seufzer wieder auf seinem Sonnenfleck aus.

»Aber ich habe ihnen entgegnet, dass ...«

Die Stunden flossen träge dahin. Die Blumen dufteten, die Fliegen summten, aus der Küche drang von Zeit zu Zeit ein Hauch von dem Kaninchenragout, das auf dem Herd schmorte.

Germaine war erstaunt, als sie Émile mit seiner Schultasche auftauchen sah. Schon von weitem rief er:

»Ich habe Hunger!«

Das brachte Madame Brochard – warum auch immer – auf die Frage:

»Ist dein Mann nach wie vor mit seiner Arbeit zufrieden?«

»O ja! Maurice ist mit allem zufrieden! ...«

»Er hat eben ein sonniges Gemüt ...«

Germaine fühlte sich einen Augenblick lang versucht, eine ganz kleine Einschränkung zu machen. Aber nein – es war besser, nicht darüber zu reden. Das meiste Unglück kommt daher, dass man darüber redet. Beim Reden treten Gedanken, Gefühle, Wünsche zutage, die vielleicht gar nicht aufgekeimt wären, wenn man geschwiegen hätte.

Maurice hatte sich nicht verändert. Er stand morgens gutgelaunt auf und weckte die Kinder, indem er sie in die Nasenspitze kniff. Er sang, während er sich anzog, mit kurzen Unterbrechungen beim Rasieren.

»*L'amour est en ...*«

Zwei Striche um die Mundwinkel, eine Grimasse, dann fuhr er mit anderer Stimme fort:

»... fant de Bohême ...«

Die Fenster standen offen. Im Garten glitzerte der Tau. Germaine warf den Spatzen Brotkrumen hin und sah ihnen beim Picken zu, während sie das Frühstück machte.

Nein! Maurice hatte sich nicht verändert. Jeder hätte bestätigt, dass er so fröhlich war wie eh und je, mit dieser leichten Naivität, die zu ihm gehörte.

Wenn er mit Christian auf den Schultern vom Platzkonzert kam und Christian sein Haar zerzauste, störte es ihn nicht im Geringsten, dass die Leute sich nach ihm umdrehten.

Mit schalkhaftem Lächeln schien er zu verkünden:

›Jawohl! Ich führe meine Familie spazieren!‹

Sobald er aus dem Büro nach Hause kam, setzte er sich in seinen Lehnstuhl neben der Küchentür.

»Woran denkst du?«, fragte Madame Brochard unvermittelt ihre Tochter.

»Ach – an gar nichts ...«

Es war so ungreifbar – wie die leise Sehnsucht, die manchmal um seine Stirn zu schweben schien.

»Was hast du?«, hatte Germaine ihn einmal gefragt.

»Ich?«

Er war ehrlich erstaunt. Was hätte er haben sollen?

Ja, was hatte er denn? Er war in niemanden verliebt, das stand fest. Er konnte sich doch nicht Knall auf Fall in die kleine Kellnerin im Weißen Ross verliebt haben, die damals, als Germaine ihn abholen kam, gerade mit dem Frühstückstablett in seinem Zimmer stand.

Sie kannte ihn so genau! Er war nie verliebt gewesen!

Beim Spazierengehen drehte er sich manchmal mechanisch nach einer Frau um – besonders nach den jungen Mädchen. Wenn er dann merkte, dass es seiner Frau nicht entgangen war, rief er schnell aus:

»Was für einen komischen Hut die hat! …«

Im nächsten Augenblick erkannte er, dass er ihr nichts vormachen konnte. Aber da es nicht der Rede wert war, sah er sie nur lachend an, um ihr zu bedeuten:

›Du siehst ja selber, dass es mir nicht ernst ist …‹

Aber neuerdings drehte er sich nicht mehr nach vorüber gehenden Frauen um, und manchmal überkam ihn eine unvermittelte Schwermut.

Wenn seine Frau ihn dabei ertappte, wie er vor sich hin träumte, setzte er ein Lächeln auf oder erzählte mit gespielter Heiterkeit irgendeine Geschichte.

»Maurice!«

»Ja?«

»Sag mir doch, was du hast!«

»Wie kommst du darauf? Was sollte ich denn haben?«

Es war klüger, nicht mehr davon zu reden, ihn nicht zu drängen, dass er seine vagen Gefühle in Worte fasste. Ein Grund mehr, sich nicht ihrer Mutter anzuvertrauen, die sich gerade durch den Geruch des Ragouts ablenken ließ.

»Machst du es immer noch genauso wie früher?«

Die Haustür ging. Germaine fuhr leicht zusammen.

»Émile! Deck schnell den Tisch …«

Maurice Arbelet erschien im Garten und begrüßte seine Schwiegermutter.

»Wie geht's, Maman?«

Germaine blickte zu ihm auf und hatte den Eindruck, dass er entspannt und guter Dinge war.

Man musste behutsam vorgehen, nichts erzwingen, das war die ganze Kunst. Maurice gab seiner Frau einen Kuss, hob Christian hoch und schwenkte ihn durch die Luft.

»Na, Dicker?«

Der Kleine war daran gewöhnt. Während sein Vater ihn mit ausgestreckten Armen festhielt, drehte er in aller Ruhe an dem Stückchen Schnur herum, mit dem er schon vorher am Boden gespielt hatte.

Im Esszimmer legte Émile das Tischtuch auf.

In der heißesten Mittagszeit, als Monsieur Jean sich ständig den Schweiß mit einem Handtuch abwischen musste und es vor dem Herd kaum auszuhalten war, kamen die nächsten Gäste, Leute von der Art, die in einem großen offenen Wagen fahren. Ohne sich die Speisekarte auch nur anzusehen, bestellten sie *Châteaubriand à la béarnaise.*

Monsieur Jean, der beim Eintreffen neuer Gäste immer in die offene Tür trat, hatte die Bestellung gehört und wollte schon antworten, dass das unmöglich sei.

»Das wird mindestens eine halbe Stunde dauern!«, rief er Mélanie zu.

Sie meldete es den Herrschaften und kam zurück, um zu verkünden:

»Das macht nichts! ... Sie wollen inzwischen spazieren gehen ...«

Die Sauce missriet ihm, er konnte sie nur retten, indem er viel Mehl hineingab. Der Schweiß rann ihm über das

Gesicht. Um die Nasenflügel herum war er ganz weiß, als würde er gleich in Ohnmacht fallen. Sein Blick war schon seit dem frühen Morgen so starr, dass man es kaum ertragen konnte.

»Warum schaust du mich die ganze Zeit an?«, rief er Nine wieder zu, die nicht den Mund auftat.

Er arbeitete gereizt und nervös und ließ seine Wut an den Schüsseln und Pfannen aus.

Er vermied es, Rose ins Gesicht zu sehen, warf ihr aber jedes Mal, wenn sie an ihm vorbeiging, einen ängstlichen Blick zu – so wie er seine Frau anzublicken pflegte, wenn er ein schlechtes Gewissen hatte.

Rose zuckte nicht mit der Wimper, sie war wie immer. Auch ihr war heiß. Wenn sie ein paarmal zwischen Speisesaal und Küche hin- und hergelaufen war, hatte sie feuchte Stellen im Nacken und hinter den Ohren.

»Zweimal *Sole meunière,* zweimal!«

Alle Tische waren besetzt. Die Autos surrten über die Straße wie bei der Tour de France. Die Chapuis, die einen Tisch für acht Personen reserviert hatten, kamen zu zwölft, weil sie unterwegs Bekannten begegnet waren. Da sie ein paar hübsche Frauen dabeihatten, spielten sie sich als Stammkunden auf.

»Wo ist denn Jean?«, rief Chapuis Madame Fernande zu.

»Er steht am Herd …«

»Da muss ich ihn gleich begrüßen!«

Er führte sich auf wie ein großer Bonvivant, der um jeden Preis Stimmung machen will.

»Na, großer Chef, was macht unser Essen? … Kommt

doch alle herein, und seht dem Meister bei der Ausübung seiner hohen Kunst zu!«

Jean brachte ein klägliches Lächeln zustande, das eher einer Grimasse glich.

»Sollen wir schon Platz nehmen?«

»Ja, sicher! Sie werden sofort bedient ...«

Es war kein großer Tisch mehr frei. Man musste eines der Marmortischchen aus dem Café dazustellen und neu decken.

Madame Fernande warf ab und zu einen Blick durch die Küchentür, und je mehr Unerfreuliches sie zu hören bekam, desto mehr verwandelte sich ihre Ungeduld in richtige Angst.

Dabei durfte sie ihren Platz nicht verlassen! An den Stimmen und Geräuschen erkannte sie die Laune ihres Mannes.

»Rose! ... Nummer fünf ruft ...«

»Die Rechnung, Mademoiselle!«

»Was hatte der Herr?«

»Ein Menü zu achtzehn, eine halbe Flasche Pouilly, einen Kaffee ...«

»Keinen Aperitif?«

»Nein ...«

Sie musste den Leuten Auskunft geben, die nach der Toilette fragten, obwohl das Wort groß und deutlich auf der Tür zu lesen war. Andere erkundigten sich nach den Preisen für Zimmer, für Vollpension, obwohl sie wussten, dass sie nie wieder herkommen würden.

Madame Fernande lächelte. Ihr Lächeln war kühler und ruhiger als das ihres Mannes.

»Sagen Sie, Madame ... Wie fährt man am besten nach Lyon? ...«

Rose und Mélanie liefen mit Schüsseln und Tellern hin und her. Man rief von mehreren Seiten gleichzeitig nach ihnen.

Schon auf der Treppenstufe zur Küche hinunter gaben sie die Bestellungen weiter:

»Zweimal Huhn ... ein Steak, blutig ...«

Jedes Mal schaute Nine unwillkürlich Monsieur Jean an, und er ärgerte sich jedes Mal über ihren inquisitorischen Blick.

Dann hielt er es plötzlich nicht länger aus und stürzte wutentbrannt und mit keuchendem Atem in den Hof hinaus.

Mélanie kam angelaufen.

»Dreimal Huhn, dreimal ...«

Sie sah sich nach dem Patron um und fragte besorgt:

»Wo ist er denn hin?«

Nine deutete wortlos zum Fenster. Mélanie riss die Tür auf.

»Monsieur Jean! ... Dreimal Huhn ...«

Es war ein Zufall, dass er zurückkam. Er hätte genauso gut alles hinwerfen können. Noch nie hatte er ein Huhn so schnell tranchiert. Er schleuderte die Stücke auf die Schüsseln.

»Da!«

Zunächst hatte er noch an irgendetwas gedacht, aber jetzt brauchte er nicht mehr nachzudenken und war auch nicht mehr in der Lage dazu. Er wütete, um zu wüten!

Wer mit dem Auto eine starke Steigung hinauffährt, beugt sich instinktiv vor, um dem Motor zu helfen. So ähnlich versuchte Nine ihrem Chef beizustehen, indem sie den Blick nicht von ihm wandte.

Höchstens noch eine Stunde, dann würde alles vorbei sein. Das Tempo verlangsamte sich bereits. Einige verlangten die Rechnung. Nur der Zwölfertisch, an dem Monsieur Chapuis thronte, war erst bei den Fischkroketten.

»Sag dem Wirt, er soll einen Augenblick herkommen!«

Und Rose richtete gehorsam aus:

»Monsieur Chapuis will Sie sprechen …«

Jean musste eine andere Miene aufsetzen, sich die Stirn und die Hände abwischen.

»Ein dreifaches Hoch für den Meisterkoch, der uns dieses wunderbare Essen serviert hat. Hoch! Hoch! Hoch!«

Er strahlte, dieser Monsieur Chapuis! Er wollte Monsieur Jean unbedingt dazu bewegen, sich zu ihnen an den Tisch zu setzen, und erklärte seinen Freunden:

»Fünf Jahre komme ich schon her, aber ich kann ihn einfach nicht dazu bewegen, mir sein Rezept zu verraten …«

Wenn der Trottel es gekannt hätte!

»Entschuldigen Sie, meine Herrschaften, aber ich muss wieder in die Küche und …«

»Nur wenn Sie versprechen, mit uns nachher einen Likör zu trinken!«

»Abgemacht …«

Er war den Tränen nah, als er wieder in die Küche kam, die im Vergleich zu dem sonnigen Saal beinahe dunkel schien. Er war dem Blick seiner Frau ausgewichen. Er hatte den Eindruck, dass sie ihn genauso ansah wie Nine, als wollte sie ihm Mut machen.

Mut wozu? Hätten sie ihm das erklären können?

Und die kleine Rose – warum verzog sie keine Miene? Wusste sie noch nichts von ihrem Unglück?

Er trank ein Glas Wasser, dann noch eines und ein drittes, bis ihm übel wurde von dem eiskalten Wasser.

Jetzt würde es vielleicht zwanzig Minuten dauern. Die Chapuis waren schon beim Käse. Mélanie stand in der Küche in einem Winkel und aß mit den Fingern eine Scheibe Schinken, die jemand übriggelassen hatte.

Rose ging zufällig dicht an Monsieur Jean vorbei, und er packte sie unvermittelt an der Schulter.

»Hat meine Frau mit dir gesprochen?«

Sie fuhr erschrocken zusammen und antwortete nicht gleich.

»Hat meine Frau dir alles gesagt? Antworte gefälligst!«

»Ja …«

»Und?«

Sie wusste nicht, was er wollte, spürte jedoch die Drohung und bemühte sich, so zu antworten, wie er es erwartete. Über seine Schulter hinweg blickte sie fragend zu Nine, die ihr auch nicht helfen konnte.

»So sag doch etwas … Rede schon, zum Teufel! …«

Er hatte die Stimme erhoben, was in der Küche sonst nie vorkam, denn die Gäste im Saal konnten alles hören.

»Du willst also nicht reden?«

»Aber, Monsieur Jean …«

Sein Mund stand offen, er begann plötzlich zu keuchen.

»Hat sie dir gesagt, was dir fehlt? Weißt du es jetzt?«

Rose verzog das Gesicht zu einer Grimasse, die in einem Aufschluchzen endete. Mélanie bekam Angst und wandte sich rasch ab. Sie wollte mit der Sache nichts zu tun haben. Da bewegte sich die Tür, und Madame Fernande erschien auf der Schwelle.

»Rose, Nummer acht will zahlen …«

Normalerweise wäre sie deswegen nicht in die Küche gekommen, aber sie dachte, dass ihre Ruhe ansteckend wirken würde. Monsieur Jean geriet tatsächlich aus der Fassung, weil seine Wut, die sich immer noch steigerte, ins Leere traf. Um diese Leere zu füllen, musste er nach der erstbesten Schüssel greifen – es war eine Salatschüssel – und sie zu Boden schmettern.

»Schluss! Ich hab's satt!«, schrie er.

»Jean!«

»Was?«

Sie deutete auf den Saal, und er warf ihr einen bösen Blick zu, denn seine Frau erinnerte ihn daran, dass er sich nicht gehenlassen durfte.

»Schluss, habe ich gesagt, verstehst du? Schluss, Schluss, Schluss! Ich hab's satt!«

Mélanie schlüpfte unbemerkt hinaus und schloss die Tür zum Saal hinter sich.

»Sie gehen bald«, sagte Madame Fernande.

Das bedeutete:

›Nimm dich noch ein paar Minuten zusammen … Nachher können wir reden, streiten, schreien, mit den Füßen aufstampfen …‹

Aber er stampfte schon jetzt mit dem Fuß auf! Es war ein kindlicher Zorn. Er spürte, dass er sich verrannt hatte, doch das machte ihn nur noch wütender.

»Schluss! ... Schluss, sag ich! ...«

Er schleuderte die Schürze in eine Ecke und rannte in den Hof hinaus.

Es hatte keinen Zweck, ihm nachzulaufen. Madame Fernande ging zur Kasse zurück und bemühte sich, Monsieur Chapuis zuzulächeln, dem das Geschrei nicht entgangen sein konnte.

»Mélanie ...«

»Ja, Madame ...«

»Sehen Sie nach, was mein Mann macht ... Aber passen Sie auf, dass er es nicht merkt ...«

Vielleicht würde er weglaufen, wie er es bei manchen Wutanfällen schon getan hatte. Einmal war er erst mitten in der Nacht zurückgekommen und hatte sich nicht ins Schlafzimmer, sondern in ein freies Gastzimmer gelegt.

Vielleicht stand er noch unentschlossen im Hof. Aber dann hörte Madame Fernande ein Geräusch im Café. Da sie von ihrem Platz nicht in den Raum sehen konnte, rief sie Rose.

»Ist mein Mann nebenan?«

»Ja ...«

»Was macht er?«

»Er trinkt ...«

Das war gut so. Gleich würde ihm schlecht werden, und dann konnte er sich nur noch hinlegen.

»Servieren Sie das Obst, Rose ...«

Mélanie war durch die Küche gegangen und konnte im Hof niemanden sehen. Der Hund lag winselnd in seiner Hütte, weil er sein Fressen nicht bekommen hatte.

Nine war mühsam aufgestanden, um die Ofentür zu schließen, die Monsieur Jean offen gelassen hatte.

Schritte auf der Treppe ...

Mélanie begriff, ging zu Madame Fernande zurück und erklärte:

»Er ist hinaufgegangen.«

»Bist du sicher?«

»Ja, hören Sie nur.«

Tatsächlich wurde oben eine Tür heftig zugeschlagen, ein Bett knarrte.

»Sie müssen meinen Mann entschuldigen, Monsieur Chapuis ... Er fühlt sich nicht wohl. Die Hitze ...«

»Nur unter der Bedingung, dass Sie mit uns anstoßen!«

Sie trank ein Glas mit ihnen. Als sie endlich in ihre Autos gestiegen waren, ging Madame Fernande ohne einen bestimmten Verdacht ins Café und zog die dritte Schublade unter der Theke auf.

Die Schublade war leer. Der Revolver war weg.

Sie stand einen Augenblick reglos da. Dann lief sie aus dem Saal, rannte die Treppe hinauf, warf sich mit geballten Fäusten gegen die Schlafzimmertür.

»Jean! ... Jean! ... Mach auf! ... Antworte! ...«

Er antwortete nicht, aber er bewegte sich.

»Mach auf! ... Ich muss mit dir reden ...«

Er ließ sie absichtlich zappeln, und zum ersten Mal im Leben verlor sie ihre Fassung. Sie stürzte die Treppe hinunter, in die Küche, wo Mélanie mit Nine schwatzte. Rose räumte die Tische im Restaurant ab.

»Wir müssen etwas tun ... Vielleicht die Polizei rufen? ... Monsieur hat sich mit dem Revolver eingeschlossen ...«

Rose war allein im Speisesaal. Sie wandte den Kopf, dachte einen Augenblick nach und trat dann in die Küchentür.

»Sind Sie sicher, dass er den Revolver hat?«

»Warum fragst du das?«

»Weil ... Ich weiß nicht genau ... Ich dachte, Félix hätte ihn genommen ...«

Madame Fernande stürzte, ohne zu überlegen, in den Hof hinaus und lief mit unregelmäßigen Schritten auf die Garage zu.

10

Zum ersten Mal in ihrem Leben redete sie vor sich hin, wie die Frauen, denen ein großes Unglück widerfahren ist. Sie ging taumelnd, schaute zurück, sah zum Schlafzimmerfenster hinauf, stammelte:

»Er ist so nervös …«

Sie meinte nicht eigentlich »nervös«, sondern gab dem Wort, mit dem sie den Zustand ihres Mannes beschrieb, einen eigenen Sinn. Nervös – das bedeutete, dass er immer gleich aufgeregt war, gewiss, aber auch dass bei ihm Hinterhältigkeit mitspielte, eine gewisse Bosheit. Er war eben ein Mann, er konnte nichts dafür.

Sie achtete nicht auf die Hühner in der Garage, in die sie sonst nie einen Fuß setzte. Sie sah sich verwirrt um und rief:

»Félix!«

Dann erblickte sie die Leiter, erklomm drei oder vier Sprossen und hielt inne, als von oben eine Stimme ertönte:

»Was wollt ihr alle von mir? Hinaus!«

»Ich bin's, Madame Fernande … Sie müssen …«

»Hinaus! … Scheren Sie sich zum Teufel! …«

Sie wunderte sich kaum, doch ihre Gedanken waren woanders. Sie fürchtete vor allem, dass ihr Mann inzwischen Dummheiten machen könnte.

»Hören Sie, Félix ... Ich ...«

»Was soll's! Dann schieße ich jetzt ...«

Er war nicht zu sehen, man ahnte nur etwas Schwarzes, das sich dort oben in dem grauen Verschlag regte. Dann knallte ein Schuss. Madame Fernande stürzte im gleichen Augenblick hinaus, aber Félix musste in die Luft geschossen haben. Man hörte es im Deckengebälk leise krachen.

Während sie durch den Hof zurücklief, murmelte sie vor sich hin:

»Er ist verrückt!«

Sie durchquerte die Küche, in der die anderen wie versteinert dastanden, und rief ihnen zu:

»Félix ist verrückt!«

Dann wieder die Treppe hinauf, an die Schlafzimmertür.

»Jean! ... Félix ist verrückt geworden! ... Er hat auf mich geschossen ... Um Gottes willen, komm ...«

Die Tür ging auf. Ihr Mann sah sie düster an und sagte fast vorwurfsvoll:

»Du bist doch gar nicht verletzt!«

»Ich schwöre dir, dass er auf mich geschossen hat ... Wo gehst du hin?«

In die Garage, wohin denn sonst! Angst hatte er nie gekannt. Madame Fernande lief ihm nach und packte ihn an den Schultern.

»Jean, warte! ... Die Polizei ist gleich da ...«

Sie rief den anderen, Nine, Mélanie, Rose, wer gerade in der Nähe war, zu:

»Rufen Sie die Polizei! ... Sie sollen sofort kommen ...«

Sie atmete stoßweise und heftig. Sie war noch nie in einem solchen Zustand gewesen, sogar ihre Stirnlöckchen waren in Unordnung geraten.

»Jean, warte! ... Beruhige dich! ... Ich hätte mich nicht so aufregen sollen ...«

Sie bemühte sich zu lächeln, um ihn zu beruhigen. Sie kannte ihn und wusste, dass er früher oder später in Tränen ausbrechen würde.

»Bleib hier, Jean ... Die Polizisten werden schon mit ihm fertig werden ... Das ist ihr Beruf ...«

Er ließ sich von ihr zurückhalten und starrte auf den Boden.

»Es musste einmal so kommen ... Offenbar hat er den Revolver aus der Theke genommen ... Haben Sie die Polizei erreicht, Mélanie?«

»Sie kommen mit dem Motorrad ...«

»Bleib ruhig, Jean! ... Sie sind gleich hier ... Es lohnt sich nicht, dein Leben aufs Spiel zu setzen ...«

Gerade weil es sich nicht lohnte, tat er es. Hier herumzustehen und ruhig abzuwarten war lächerlich. Aber wenn er losging, mit den Händen in den Taschen den Hof durchquerte und ohne Zögern die Garage betrat, verursachte er Aufregung.

Kaum war er in der Garage verschwunden, fiel wieder ein Schuss. Fernande rannte ihrerseits hin, erreichte die Tür und versuchte, in dem Halbdunkel etwas zu erkennen.

»Jean! ...«

»Was ist?«

Er stand mitten in der Garage, der Leiter zugewandt.

»Komm heraus, Jean! ... Bring dich nicht unnötig in Gefahr ...«

Draußen hörte man das Motorrad der Polizei rattern, und Mélanie kam mit dem Wachtmeister in den Hof. Genau in diesem Augenblick ertönte ein dritter Schuss, und Jean trat ganz langsam aus der Garage.

»Ich glaube, er schießt in die Luft ...«, sagte er. »Mein Revolver hat sechs Patronen ... Wenn er den hat, sind jetzt nur noch drei Schuss übrig ...«

»Wie kommen Sie darauf, dass er verrückt geworden ist?«, fragte der Wachtmeister Madame Fernande.

»Ich weiß nicht ... Er war immer ein Sonderling ... Vorhin wollte ich ihn etwas fragen, da hat er mir zugeschrien, dass ich nicht näher kommen soll.«

Die Sonne stand hoch am Himmel, Autos rasten vorbei. Die Nachbarn hielten die Schüsse anscheinend für Fehlzündungen. Nur der Metzger von gegenüber trat mit blutiger Schürze in den Hof, weil die Ankunft der Polizei seine Neugier erregte.

Das Grüppchen stand ein paar Meter von der offenen Garagentür entfernt. Mélanie hatte noch fettige Hände vom Geschirrspülen. Die Hühner, die durch die Schüsse aufgeschreckt waren, gaben empörtes Gegacker von sich.

Der riesig wirkende Wachtmeister näherte sich der Tür, steckte den Kopf hinein und rief:

»He, alter Félix! ... Gib Ruhe, hörst du? ... Wenn du noch einmal schießt, schieße ich auch. Verstanden?«

Félix gab prompt einen Schuss ab, traf aber nur einen alten Kessel, der an der Wand hing.

»Aha, du schaltest also auf stur. Mal sehen, wo das noch hinführt ...«

Der Wachtmeister wandte sich lachend um.

»Soll er nur seine letzten zwei Kugeln verschießen!«, flüsterte er mit bedeutsamem Augenzwinkern.

»Was ist denn hier los?«, erkundigte sich der Metzger.

»Félix!«, antwortete Mélanie.

Es war seltsam, so herumzustehen und auf die offene Tür zu starren. Auch wenn man den Kopf in die Garage steckte, sah man nichts.

Sie warteten, ohne recht zu wissen, worauf. Der Briefträger, der mit seiner Tasche vor dem Bauch eintrat, gesellte sich zu ihnen, und sogar Nine hatte sich aufgerappelt und stand hinter dem Küchenfenster.

Doch sie interessierte sich nicht nur für Félix. Sie redete mit Rose, die in die Küche zurückgekommen war und sich hingesetzt hatte.

»Was hast du jetzt vor?«

»Wieso?«, erwiderte das Mädchen argwöhnisch.

»Nachdem Madame Fernande dir gesagt hat ...«

»Sie wissen das auch schon? Wenn alle Welt es weiß, kann man sich das ganze Theater doch sparen! ... Was soll ich schon vorhaben? ... Solange man mir den Doktor bezahlt ...«

Im Hof ging es fast zu wie bei einem Spiel, das gerade gefährlich genug war, um spannend zu sein. Der Polizist, der hinter seinem Vorgesetzten nicht zurückstehen wollte, war seinerseits in die Garagentür getreten und winkte den anderen bedeutsam zu. Dann zog er seinen Revolver und zielte auf den Kessel, den Félix auch schon getroffen hatte.

Er schoss. Und dann knallte von oben zur Antwort ein Schuss.

Fernande blickte verstohlen zu ihrem Mann hinüber und erkannte, dass ihm das alles nicht gefiel. Tatsächlich standen sie alle da wie vor einer Jahrmarktsbude oder wie die Neugierigen auf der Straße, wenn jemand einen entflogenen Papagei vom Baum herunterzulocken versucht!

»Er hat nur noch einen Schuss«, stellte sie fest.

Monsieur Jean trat vor. Vielleicht wäre ihm ein Streifschuss nicht ungelegen gekommen? Der Wachtmeister folgte ihm, wollte ihn dann aber an der Tür zurückhalten.

»Achtung, Monsieur Jean ...«

Monsieur Jean schüttelte seine Hand ab und verschwand. Niemand hätte erklären können, warum er sich derart stur der Gefahr aussetzte. Es war wie eine fixe Idee. Auch der Wachtmeister hätte die Kräfte, die hier am Werk waren, kaum beschreiben können.

Monsieur Jean stapfte durch Stroh und Hühnerdreck langsam bis zum Fuß der Leiter, wild entschlossen, nicht mehr stehen zu bleiben.

Ein Schuss fiel, draußen ertönte ein Aufschrei. Fernande rannte in die Garage und schrie:

»Jean! ... Jean! ...«

Er drehte sich um.

»Was ist?«

»Bist du verletzt?«

»Nicht im Geringsten!«

Er machte sich von ihr los und begann die Leiter hinaufzusteigen, erreichte die Galerie, wo Félix sein Lager aufgeschlagen hatte.

Von unten sah man, wie er sich weitertastete, zuerst aufrecht, dann gebückt, dann wieder aufrecht. Er blieb stehen und betrachtete mit gesenktem Kopf seine Hand. Niemand wagte etwas zu sagen. Sie warteten, bis er schließlich brummte:

»Man müsste ihn von hier fortschaffen …«

Das erwies sich als schwierig. Félix war schwer und die Leiter ungeeignet. Zum Glück besaß der Wachtmeister Bärenkräfte und machte sich nichts daraus, seine Uniform zu beschmutzen.

»Wo soll ich ihn hinbringen?«

»In eines der Zimmer …«

»Rose! Die Nummer drei ist doch frei?«

»Ja, Madame … Aber ich hab noch nicht aufgeräumt.«

Madame Fernande fragte ihren Mann ganz leise:

»Ist er tot?«

Monsieur Jean wollte nicht antworten. Er wusste es nicht und wagte den Körper nicht mehr zu berühren. Er hielt seine blutige Hand weit von sich gestreckt. Im Haus angelangt, hielt er sie sofort unter den Wasserhahn und starrte mit aufgerissenen Augen auf den Strahl, der nicht aufhören wollte, sich rosig zu färben.

»Hallo! … Doktor Chevrel? … Hier ist das Weiße Ross … Ja, äußerst dringend …«

Der Wachtmeister blieb oben, während der Polizist hinunterging und verkündete:

»Sein Herz schlägt noch …«

»Das kann nicht sein!«, stöhnte Fernande, die gegen eine Ohnmacht ankämpfte.

Es konnte nicht sein, dass Félix noch lebte! Die Kugel hatte ihm den halben Kopf weggerissen.

Sie wagten einander nicht mehr anzusehen, während sie mit verkrampften Fingern warteten. Ab und zu tat einer ein paar Schritte und blieb ebenso grundlos wieder stehen.

Warum dauerte es so lange, bis der Doktor kam?

Sogar der Wachtmeister war kreidebleich. Er trat oben auf die Treppe und beugte sich über das Geländer.

»Haben Sie den Doktor erreicht? … Sagen Sie, war der Alte katholisch?«

Sie sahen einander an. Niemand wusste es.

»Es kann ja nicht schaden, den Pfarrer zu rufen«, meinte Mélanie.

»Kennst du ihn?«

»Meine Kleine hatte gerade Erstkommunion … Ich geh schnell hinüber.«

Der Doktor kam wie immer mit seinem kleinen Wagen bis in den Hof gefahren.

»Um wen geht es?«, fragte er.

»Félix … Oben … Er hat sich eine Kugel in den Kopf geschossen …«

»Da werde ich mein chirurgisches Besteck brauchen … Rufen Sie in meiner Praxis an …«

»Rose kann hinüberlaufen … Hörst du, Rose? … Lass dir das chirurgische Besteck geben …«

Fernande hatte wieder einen kühlen Kopf, und den

brauchte sie auch. Hin und wieder warf sie einen prüfenden Blick auf ihren Mann und war im Grunde ganz zufrieden, ihn niedergeschlagen zu sehen.

Man durfte es nicht laut sagen, ja nicht einmal denken, aber die Tragödie hatte ihm gutgetan.

Jetzt war sein Anfall vorbei. Er hatte sich in einen Stuhl fallen lassen und starrte vor sich hin, doch der Wahnsinn war aus seinem Blick gewichen.

Der Wachtmeister kam herunter und zündete sich eine Pfeife an.

»Ich hatte recht! Er ist wirklich noch am Leben … Haben Sie vielleicht etwas Hartes zu trinken da?«

Auch er hatte rote Flecken auf den Händen, aber das störte ihn nicht. Er trank zwei Glas Schnaps, schnalzte mit der Zunge, ließ sich an einem Tisch im Café nieder und zog ein Notizbuch mit Gummiband aus der Tasche.

Er wollte sich zwar nicht gleich an die Arbeit machen, nahm aber schon einmal die Haltung einer Amtsperson ein.

»Warum hat er es eigentlich getan?«, fragte er plötzlich.

Er war selbst erstaunt, dass er nicht früher daran gedacht hatte. Sie hatten es alle ganz natürlich gefunden, die Garage zu belagern, aber niemand hatte sich gefragt, was mit dem alten Félix los war.

»Er muss einen Anfall bekommen haben«, erklärte Madame Fernande nach einem Blick auf ihren Mann.

»Was für einen Anfall?«

»Einen Anfall von Wahnsinn … Er war krank … Der Doktor war bei ihm gewesen …«

Oben ging eine Tür, und Chevrel rief herunter:

154

»Rufen Sie einen Krankenwagen!«

»Bei welcher Nummer?«, wollte Madame Fernande wissen.

Jetzt saßen alle in der Sonne. Um diese Zeit schien sie immer ins Café und ins Restaurant.

»Versuchen Sie es bei der Hundertsiebenundzwanzig in Nevers ... Oder nein! Lieber bei der Zwölf in La Charité ... Das wird schneller gehen ...«

Rose kam mit einem kleinen schwarzen Koffer zurück.

»Trag ihn gleich hinauf ...«

»Ich trau mich nicht ...«

Also ging Mélanie mit dem Koffer hinauf, kam dann aber nicht wieder, weil der Doktor sie brauchte.

Während seine Frau telefonierte, stand Monsieur Jean auf und ging zur Theke, um etwas zu trinken, doch als er nach einer Flasche greifen wollte, überlegte er es sich anders und zuckte nur mit den Achseln.

Wozu noch?

Seine Frau ließ ihn nicht aus den Augen. Er war nicht mehr in der Stimmung, sich dagegen aufzulehnen.

»Wenn er einen Krankenwagen ruft, heißt das, dass noch Hoffnung besteht ...«, stellte der Wachtmeister fest. »Ich hätte bei seinem Anblick geschworen ...«

Der Polizist saß rittlings auf einem Stuhl und drehte sich eine Zigarette.

Eine fast unwirkliche Stille lag über dem Weißen Ross, wie manchmal im Winter, wenn sie höchstens drei Gäste am Tag hatten und die Stunden damit verbrachten, am Ofen zu sitzen und zu warten. Monsieur Jean ertappte sich dabei, dass er eine Fliege fing. Dann ging er ohne besonderen Grund, wie jemand, der sich entspannt, ganz langsam zu seiner Frau hinüber.

Er belauerte sie. Ein Blick, ein noch so leises Lächeln hätte genügt, um ihn aufzuhalten. Doch Madame Fernande kannte ihn. Sie wartete ab, als ob nichts wäre.

»Verzeih ...«, hauchte er im Vorbeigehen.

Das war alles. Das Übrige würde abends folgen, wenn er anfing zu weinen. Denn er würde weinen – nicht um sie, nicht um Félix, sondern um sich selber. Er würde mit den Worten beginnen:

»Ist das ein Leben für einen Mann in meinem Alter?«

Er wollte alles haben, die Autos, die vorbeifuhren, die Landschaften, die vor diesen lagen, die Frauen, die bei ihm zu Abend aßen, und jene, die in den Illustrierten abgebildet waren. Diese Begierden wurden manchmal so heftig, dass er mit den Füßen aufstampfte wie ein kleines Kind.

Jetzt hatte er gemurmelt:

»Verzeih ...«

Nun würde es wieder ein paar Wochen oder Monate lang gehen. Madame Fernande war so froh, dass sie fast vergaß, warum sie alle schweigend dasaßen und warteten, während die Pfeife des Wachtmeisters bei jedem Zug einen unangenehmen Laut von sich gab.

Damals bei ihren Eltern hatte es fast jeden Tag so eine Szene gegeben. Sobald ihr Vater ein paar Glas getrunken hatte, zwirbelte er seinen Schnurrbart und ließ dabei seinen grimmigen Blick umherwandern.

Und doch hatte die Ehe vierzig Jahre gehalten, weil seine

Frau ruhig blieb, nicht weinte und ihre Angst niemals zeigte. Mitten im schlimmsten Krach – den es manchmal auch mit den Gästen gab – wagte sie zu sagen:

»Jetzt reicht es, Hector! … Geh schlafen …«

Und sie behielt das letzte Wort!

Zu ihrer Tochter sagte sie dann in ihrem bäuerlichen Tonfall:

»Das ist mir immer noch lieber als so ein Schwindsüchtiger wie der von Tante Berthe …«

Denn Tante Berthe verbrachte ihr Leben damit, nicht nur ihren Mann, sondern auch ihre drei Kinder zu pflegen, die sich alle bei ihm angesteckt hatten.

»Solange man nur gesund ist! …«

Ein großes weißes Auto mit einem roten Kreuz darauf hielt vor der Terrasse, und auf einmal standen vor allen Haustüren Leute. Mélanie kam die Treppe herunter.

»Der Doktor sagt, wir sollen die Tragbahre hinaufbringen …«

In spätestens einer halben Stunde würden die ersten Gäste eintreffen. Nine, die das wusste, hatte Feuer gemacht und schon einmal einen Topf Suppe und Bohnen aufgesetzt.

Sie weinte nicht, schniefte aber hörbar, während sie in den Hof hinaussah, wo nur der Hund, der nicht ahnen konnte, was geschah, zähnefletschend an seiner Kette zerrte.

Zwei Männer gingen mit der Bahre hinauf und hievten den Verletzten mühsam die Treppe hinunter.

Alle blickten kurz auf die Bahre, doch der Kopf des Verletzten war mit Tüchern verhüllt. Der Doktor, der im Café stehen blieb, wirkte sehr erschöpft. Draußen diskutierte der Pfarrer, der inzwischen eingetroffen war, mit den Sanitätern.

»Hat er nichts gesagt?«, fragte Monsieur Jean und starrte dabei die Wand an.

Chevrel zuckte bloß die Achseln, auf eine Art, dass es einem kalt über den Rücken lief. Erst nachdem er ein Glas Marc gekippt hatte, fügte er hinzu:

»Die halbe Zunge ist weg …«

»Nicht!«, schrie Rose und flüchtete in die Küche.

Félix wurde in den Krankenwagen geschoben.

»Er hat sich den Revolverlauf in den Mund gesteckt …«

Der Motor sprang an, der Wagen setzte sich in Bewegung.

»Glauben Sie, dass er verrückt war?«

»Warum?«

Ja, warum sollte Félix verrückt gewesen sein?

»Ich dachte …«, begann der Wachtmeister.

Doch wozu Erklärungen? Chevrel hatte Kopfschmerzen. Er musste noch beim Krankenhaus in La Charité anrufen.

»Ich werde Ihnen meinen Bericht schicken …«, rief er dem Wachtmeister zu.

Ein Auto hielt vor der Tür. Ein dicker Herr und eine dicke Dame stiegen aus.

»Jean! …«, mahnte Madame Fernande.

Er verstand und machte die Tür zum Speisesaal zu, damit die Gäste die Polizisten nicht sehen konnten. Madame Fernande begab sich zur Kasse und schaffte es noch, ein Lächeln aufzusetzen.

»Könnten wir sofort essen?«

»Gewiss! … Sie brauchen sich nur etwas auszusuchen …

Ich rufe gleich meinen Mann ... Rose! Sagen Sie Monsieur Jean ...«

Er kam, während er sich mechanisch den Inhalt des Kühlschranks in Erinnerung rief.

Im nächsten Augenblick stand er schon am Herd. Nine erklärte:

»Ich habe die Suppe aufgesetzt und außerdem grüne Bohnen zur Hammelkeule ...«

Ein Ruck mit dem Schürhaken. Er griff nach der weißen Mütze, die auf dem Tisch lag, und setzte sie sich auf den Kopf.

»Wird es lange dauern?«, fragten die Gäste besorgt.

»Ganz und gar nicht! Sie werden sofort bedient ... Mélanie! ... Zwei Gedecke für die Herrschaften!«

Das Leben ging weiter, aber sie spürten schon die Lücke, mussten immer wieder an die Garage denken, wo jetzt niemand mehr hauste, an den großen, weißen Krankenwagen, der über die Landstraße davonfuhr.

»Rose! ... Geh deinen Vater fragen, ob er nicht ein paar Tage lang als Nachtwächter aushelfen könnte, bis wir jemanden gefunden haben ... Weißt du, wo er gerade ist?«

»Ich werde ihn schon finden ... Wenn er nicht allzu betrunken ist, bringe ich ihn gleich mit ...«

Man musste die gestreifte Markise ein wenig herunterlassen, weil die tiefer stehende Sonne die beiden Gäste störte.

11

Émile hatte magere Beine, dicke Gelenke, einen zu langen Hals. Während sie den Weg entlanggingen, schlug er mit einem Stock auf die Brennnesseln ein und erklärte Christian, der jetzt ein sanfter achtjähriger Junge war:

»Verstehst du? Wenn ich zu den Pfadfindern darf, muss ich sonntags nicht mehr bei der Hausarbeit helfen …«

»Und ich?«, fragte Christian naiv.

»Wenn du ein bisschen größer bist, kannst du als Wölfling zu mir kommen …«

»Wie lang dauert das noch?«

Émile überlegte mit männlichem Ernst und entschied:

»Bis nächstes Jahr …«

»Émile, deine Füße!«, ermahnte ihn Vater. Die zeigten bei ihm immer nach außen, was die Absätze abnutzte.

Die Sonne senkte sich, der Staub machte durstig. Die Loire war ein einziges Flimmern, das in den Augen weh tat.

»Vielleicht hätten wir einen kürzeren Weg nehmen sollen«, meinte Mutter, die Mühe hatte mitzuhalten.

Und Vater entschuldigte sich:

»Ich hatte es mir nicht so weit vorgestellt. Die große Schleife, die der Fluss macht, hatte ich nicht mehr in Erinnerung. Sollen wir uns kurz ausruhen?«

»Das lohnt sich nicht mehr ... Wir sind ja bald da ...«

Maman war dick um die Taille, und Émile war nicht sehr begeistert gewesen, als man ihm die baldige Ankunft eines Brüderchens oder Schwesterchens in Aussicht stellte.

»Ein Mädchen wäre mir lieber!«, verkündete er, ohne einen Grund dafür anzugeben.

Christian sagte nichts, er sagte nie etwas. Er blickte mit den gleichen verträumten Augen in die Welt wie mit vier Jahren, als er noch auf den Schultern seines Vaters thronte.

Seit zwei Jahren ging er in die Schule und brachte lauter schlechte Zeugnisse nach Hause.

»Aufmerksamkeit mangelhaft«, schrieb der Lehrer mit roter Tinte in sein Heft.

Hatte er den Blick auf die Schiefertafel gerichtet oder auf die beiden Tauben, die immer auf dem Fenstersims hockten?

Der Vater hatte sein aufgefaltetes Taschentuch unter dem Hut befestigt, weil ihn die Sonne in den Nacken stach.

»Möchtest du wirklich nicht, dass wir eine kleine Pause machen?«

»Nein, nein!«

»Du weißt doch, dass der Doktor dir Spazierengehen empfohlen hat ...«

Sie lächelte nachsichtig, sagte aber nicht, dass es auf die Art des Spaziergangs ankomme und dass für eine schwangere Frau zwölf Kilometer zu Fuß eine weite Strecke seien.

»Wir können ja eine Kleinigkeit essen, bevor wir den Bus nehmen ...«

»Wozu? Es kostet so viel, und wir sind ja bald zu Hause! ...«

»Wie du willst ...«

Zwei- oder dreimal beobachtete sie ihn verstohlen und merkte, dass der Gedanke, bald in Pouilly zu sein und am Weißen Ross vorbeizukommen, ihn erregte.

Als sie in den Weg einbogen, der zur Autostraße führte, begann er unwillkürlich rascher auszuschreiten.

»Émile, deine Füße!«

»Ja, Maman ...«

Émile erklärte seinem kleinen Bruder:

»Bei den Pfadfindern werde ich auch Fußball spielen, aber dafür bekomme ich dann besondere Schuhe ...«

Christian war müde. Müdigkeit und Hunger hingen bei ihm eng zusammen.

»Hast du keinen Durst?«, fragte Arbelet in einem Ton, der seiner Frau ein heimliches Lächeln entlockte.

»Du?«

»Ja, ich muss gestehen ...«

Natürlich! Er traf seine Vorbereitungen. Er konnte schließlich nicht einfach vor dem Weißen Ross stehen bleiben und bereitete schon einmal das Terrain vor.

»Es ist weniger die Hitze als vielmehr der Staub ... Außerdem war die Wurst sehr salzig ... Das muss eine andere Sorte gewesen sein als sonst ...«

»Gut, trinken wir etwas ...«

Noch hundert Meter! Die Straße glänzte bläulich von Öl und Benzin. Die Autos jagten vorbei.

»Passt auf, Kinder! Wartet auf uns! Émile, gib deinem Bruder die Hand ...«

Sie überquerten die Straße. Da standen noch dieselben

Lorbeerbäume in den gleichen grün gestrichenen Kübeln. Auch die grüne Bank und die orange und weiß gestreifte Markise waren noch da.

»Setzen wir uns hierher?«

»Meinetwegen«, antwortete sie.

»Hast du keine Angst, dass dein Onkel? …«

Arbelet bekam rote Backen, als er die Schritte einer Kellnerin im Saal hörte. Er drehte sich nur zögernd um.

Doch es war nicht Rose, sondern eine Neue, die er nicht kannte.

»Was nimmst du?«

»Ich möchte ein Bier …«, sagte Germaine.

»Also zwei Bier und eine Orangeade für die Kinder …«

»Für jeden eine!«, protestierte Émile, der immer alles mit seinem Bruder teilen musste.

»Na gut! Zwei Gläser Orangeade«, gab der Vater nach.

Die Sonne war rot, die Schatten stachen blau von den grünen Möbeln ab. Arbelet überlegte, wie er es anstellen sollte, ins Haus und in den Hof zu gehen. Er hätte nach der Toilette fragen können, doch das widerstrebte ihm.

Dabei hätte er so gerne alles wiedergesehen …

Nicht unbedingt Rose und auch nicht die andere, ältere, die sie Thérèse nannten. Es ging ihm auch nicht um seinen Onkel oder sonst eine Einzelheit – es war die ganze Atmosphäre in diesem Haus, das ihm lebhafter in Erinnerung war als manche Orte, an denen er jahrelang gelebt hatte.

Hinter ihm wurden Tische gedeckt, die Stimmen von Kartenspielern drangen an sein Ohr.

Er wandte das Gesicht ab, um sich nicht zu verraten, aber

Germaine hatte schon begriffen. Sie sagte leise, damit die Kinder es nicht hörten:

»Frag doch einfach, ob Félix noch da ist ...«

»Meinst du?«

Er erhob sich linkisch und trat ins Café und dann in den Saal, wo Madame Fernande an der Kasse saß und zu seiner Verwunderung noch genauso aussah.

»Was wünschen Sie?«

Die Tür zur Küche stand offen. Was er wünschte? Er hätte nicht gewagt, es zu sagen! Hineingehen – überall herumschnuppern – in allen Winkeln herumstöbern! Ein klein wenig an dem Leben teilnehmen, das ihm wie das ideale Leben erschienen war.

Warum? Darum. So war es eben!

»Geht es Ihrem Mann gut?«

Sie sah ihn aufmerksam an und murmelte:

»Entschuldigen Sie – ich erinnere mich nicht ...«

»Die Wasserflasche ...«

Er zeigte auf die Stelle an seinem Kopf, als könnte man von weitem die winzige, blasse Narbe sehen, die halb von den Haaren bedeckt war.

»Ich werde meinen Mann rufen ...«

Sie erinnerte sich nämlich wirklich nicht. Vielleicht war es nicht die einzige Wasserflasche, die in diesem Haus durch die Luft geflogen war?

»Jean! ... Komm doch einen Augenblick ...«

Er kam, wobei er sich das Gesicht mit seinem Tuch abwischte, und sah den Gast aufmerksam an.

»Moment ... Ich glaube ...«

»Arbelet aus Nevers. Ein Pole, ich glaube, der Mann von Ihrer Kellnerin …«

»Ja! Natürlich …«

Doch er sagte es nur aus Höflichkeit und fuhr fort, als wollte er ihn schnell loswerden:

»Darf ich Ihnen etwas zu trinken anbieten?«

»Danke … Wir haben schon bestellt … Ich sitze mit meiner Familie auf der Terrasse … Ich wollte fragen, ob der Nachtwächter noch hier ist, Félix …«

»Der müsste draußen im Hof sein …«

»Sie erlauben?«

»Aber, bitte! Gehen Sie gleich hier durch … Sie erinnern sich ja noch an den Weg …«

Und ob er sich erinnerte! Er hatte einen roten Kopf und fühlte sich so verlegen, als hätte er eine Sünde begangen. Hinter ihm fragte Madame Fernande:

»Wer ist das?«

»Er hat hier mal eine Wasserflasche an den Kopf bekommen, seine Frau kam ihn am nächsten Tag abholen …«

Für Monsieur Jean war es eine schwierige Zeit. Er hatte seine Liebe zum Angeln entdeckt und konnte nur wegen der Gäste morgens nicht ans Wasser gehen. Er betrachtete sie als Feinde und sich selber als ihr Opfer, als Sklaven.

Er war wieder abgemagert, hatte einen finsteren Blick und dunkle Ringe um die Augen. Bei ihm gab es immer solche Phasen. Dann nahm er wieder zu, spielte mit den Gästen oder den Lieferanten Belote und saß vor dem Radio.

Und auf einmal packte es ihn wieder, sein Blick wurde lauernd, und jede Kleinigkeit brachte ihn zur Weißglut.

Eine Frau betrat das Café. Sie war hochschwanger und schien sich dafür entschuldigen zu wollen.

»Verzeihung, Madame ... Ist mein Mann nicht hier? ...«

Sie hatte den Kindern befohlen, sich nicht von der Bank wegzurühren.

»Ich glaube, er ist im Hof ... Er hat sich nach Félix erkundigt ...«

»Ist er immer noch bei Ihnen?«

»Ja, sicher!«

Sie sahen einander an und verstanden sich auch ohne viele Worte.

»Ich muss Ihnen etwas gestehen – Félix Drouin ist ein Verwandter von uns, ein Onkel, der auf die schiefe Bahn geraten ist ...«

»Ach!«

»Ich hätte gern etwas für ihn getan. Vor vier Jahren habe ich meinen Mann hergeschickt, der ihm vorgeschlagen hat ...«

Man sah eine Kellnerin in schwarzem Kleid und weißem Schürzchen, die mit dem Rücken zum Saal am Buffet stand und kleine Obstkörbe arrangierte.

»Ich verstehe ...«

»Aber mein Onkel wollte nicht ...«

»Ich weiß ...«

»Das wissen Sie?«

»Ich weiß, dass er um keinen Preis von hier wegwill ...«

Sie waren beide wohlerzogen und hatten Taktgefühl. Sie wollten sich nicht zu nahe treten, kein Thema berühren, das zu verfänglich war.

Die Luft war klar wie Kristall, man hörte jeden Laut. Émile erklärte seinem Bruder in schulmeisterlichem Ton, wie die neuen Autos funktionierten. Im Hof bellte ein Hund, jemand schürte das Feuer im Herd ...

»Macht er Ihnen keine Unannehmlichkeiten?«

»Monsieur Félix?«

Sie sagte »Monsieur«, weil die Dame ihn als ihren Onkel bezeichnet hatte.

»Wir sehen ihn kaum ... Er möchte am liebsten ungestört in seiner Ecke leben ... Er ist ein Original ...«

»Ja ... Danke vielmals.«

»Wollen Sie ihn sehen?«

»Nein – lieber nicht ... Es wäre ihm vielleicht nicht angenehm ...«

Jetzt erinnerte Madame Fernande sich sehr gut an die junge Frau, die eines Morgens aufgetaucht war, um ihren Mann so schnell wie möglich nach Hause zu holen. Sie fand das nicht zum Lachen, belächelte die andere auch nicht. Sie beneidete sie höchstens um ihre Schwangerschaft. Denn sie hatte vergeblich versucht, ein Kind zu bekommen. Vielleicht hätte sich dann alles eingerenkt.

Wer konnte wissen, ob die Fremde sich nicht das Kind gewünscht hatte, weil ...

»Sie hatten damals ein ganz junges, sehr hübsches Dienstmädchen ...«

»Rose? ... Die ist verheiratet ... Ihr Mann hat eine Autowerkstatt, acht Kilometer von hier, an der Straße nach Nevers ...«

Sie hatte sich also nicht geirrt! Die Dame war eifersüchtig! Und der Mann hoffte, unter dem Vorwand, Félix aufzusuchen, Rose oder ihrem Geist wiederzubegegnen!

Germaine errötete ohne jeden Anlass, als fühlte sie sich ertappt.

»Der nächste Bus fährt in ein paar Minuten, nicht wahr?«

»In einer Viertelstunde …«

Monsieur Jean hatte sie durch den Türspalt gemustert, doch er erkannte sie nicht wieder.

»Vielen Dank, Madame … Einen schönen Abend noch …«

»Danke, gleichfalls.«

Sie musste zurück zu der Bank auf der Terrasse, wo Émile seinem kleinen Bruder, der hundemüde war, noch immer einen Vortrag über Autos hielt.

»Kommt Vater nicht?«

»Er wird gleich da sein, Kinder …«

Sie hielt sich nicht für sonderlich klug oder stark. Sie hatte immer ein bisschen Angst, versuchte aber, es sich nicht anmerken zu lassen.

Sie erkannte den Schritt ihres Mannes. Sie wandte sich nicht um, als er sich neben sie hinsetzte, sondern fragte nur:

»Hast du ihn gesehen?«

»Ja.«

Sie sprachen sehr leise, wegen der Kinder.

»Ich weiß nicht, was ihm passiert ist … Ich habe ihn gar nicht erkannt … Sein Gesicht ist wie zerfetzt, und er kann kaum noch sprechen … Er muss sich irgendwie verletzt haben …«

»Was hat er gesagt?«

»Nichts ... Ich erzähl es dir später ...«

»Aber er will nicht?«

»Was?«

»Dass wir ihm helfen, ein Heim zu finden ... Ihn von hier wegholen ...«

Warum klang die Stimme von Maurice nervös, als er antwortete:

»Um keinen Preis!«

Als ob es sich um ihn selbst handelte! Oder als ob er es verstehen würde!

»Wir müssen zu unserem Bus ...«

»Mademoiselle! Was schulde ich Ihnen?«

Es war eine farblose Blondine mit matten Augen.

»Ich muss erst fragen ...«

Eine Neue also!

»Acht Franc fünfundsiebzig ... Sie haben nicht telefoniert?«

»Ich? ... Nein! ...«

»Dann war es ein anderer Gast – Entschuldigung!«

Sie gingen an den Häusern entlang, Émile mit einem Fuß im Rinnstein und dem anderen auf dem Rand des Gehsteigs.

Am Himmel spielte die Sonne auf einer gewaltigen Orgel aus Licht und Farben, der Wind trug die Gerüche der sommerlichen Landschaft durch die Luft und manchmal sogar bis zur Route Nationale hinunter.

»Émile, deine Füße ...«

Christian drehte sich um und jammerte:

»Ich habe Hunger!«

Gegenüber war die Bäckerei. Papa kaufte zwei Pains au chocolat. Der Bus hatte Verspätung.

»Also, was hat er dir gesagt?«

»Onkel Félix?«

Er hatte wie immer gesagt:

»Eine Scheiße ist das …«

Doch man verstand die Silben nicht, die aus dem kaputten Kiefer kamen. Er war schmutzig. In seinem Bart waren kahle Stellen. Seine Füße waren mit alten Lumpen umwickelt, weil er in keinen Schuh oder Pantoffel hineinkam.

»Ich muss doch mal einen …«

Wenn die Gäste erschraken, erklärte Madame Fernande:

»Er ist ganz harmlos …«

Und wenn Monsieur Jean einem Mädchen in den Weinkeller folgte, was er jetzt auch mit der faden Blondine tat, rief er dem Alten im Vorbeigehen zu:

»Untersteh dich, die Tür aufzumachen oder hineinzuschauen, sonst …«

Mehr brauchte es nicht. Félix knurrte wie ein geprügelter Hund und rollte sich wieder auf seinem Strohsack zusammen, den er – ebenfalls wie ein Hund – beschnüffelte.

»Wenn ich groß bin …«, erklärte Émile im Bus.

Er spürte, dass die Eltern auf der Bank hinter ihnen über ernste Dinge tuschelten. Papa schloss mit den Worten:

»Er hat es selbst so gewollt, nicht wahr?«

Mutter antwortete nicht. Sie sah zum Fenster hinaus, und man wusste nicht, woran sie dachte.

Mit der Wirtin aus dem Weißen Ross hätte sie darüber reden können, sie hätten sich verstanden. Doch selbst wenn sich die Gelegenheit geboten hätte, hätten sie es wahrscheinlich nicht getan.

Es gibt Dinge, über die man nicht spricht ...

Man richtet sich irgendwie ein ...

Man tut, was man kann ...

Als Arbelet sich mit einem Mal selbst überlassen war, begann er wieder zu träumen.

»Wann werdet ihr mit dem Chef sprechen – wegen der Lohnerhöhung?«, zwang sich Germaine zu fragen.

Er riss sich zusammen.

»Am Mittwoch ... Wir sind uns alle einig ... Jetzt muss man ...«

Nevers. Noch ein paar Straßen weit gehen, den Schlüssel aus der Handtasche hervorsuchen, den Gasherd anzünden und dann erst den Hut ablegen.

»Ich hab Hunger ...«, wiederholte Christian.

Dort, in Pouilly, an der Schnellstraße ...

»Es gibt gleich etwas zu essen, Kinder ... Ich muss nur die Suppe aufwärmen ...«

Ihr Leib war schwer, aber das machte nichts.

Madame Fernande öffnete die Küchentür und sah gleich, dass weder ihr Mann noch das neue Mädchen da waren.

»Ist Marthe Wein holen gegangen?«, fragte sie.

»Ja!«, sagte Nine und blickte in den Hof hinaus.

Es genügt, wenn man sich versteht. Man braucht es nicht auch noch zu zeigen.

Porquerolles, Les Tamaris, Februar 1938

DIE GROSSEN ROMANE
Band 92

Georges Simenon
Der Grenzgänger
Aus dem Französischen von Florian Kranz
288 Seiten, Taschenbuch
ISBN 978-3-455-01419-8
Atlantik Verlag

Heimatlos pendelt Steve Adams, Sohn einer französischen Ser-
viererin und eines britischen Marineoffiziers, zwischen den Wel-
ten. Großgezogen von seinen Tanten, in den Ferien beim Vater
in London und als Schüler im Internat, ist er doch immer nur zu
Besuch und will nirgends so recht dazugehören. Aus dem armen
Botenjungen in Paris wird bald ein gerissener Hoteldieb, der kein
Mittel scheut, um in die höchsten Kreise zu gelangen. Doch was
wird aus einem Menschen, der nirgends Wurzeln treibt? Ein großer Roman über einen getriebenen Mann und die Frage der Zuge-
hörigkeit.

»Simenon lesen, das ist zum einen eine Erinnerung
an die frühen Lesesüchte. Als Bücher noch eine
Droge waren. Und Simenon lesen ist, als sähe
man dem Leben direkt ins Auge.«
Hamburger Abendblatt

DIE GROSSEN ROMANE
Band 71

Georges Simenon
Tante Jeanne
Aus dem Französischen von Inge Giese
224 Seiten, Taschenbuch
ISBN 978-3-455-01342-9
Atlantik Verlag

Eine Frau kehrt in ihre alte Heimat zurück – und erfindet sich neu

Jeanne ist mit einundzwanzig aus dem Elternhaus ausgerissen, hat mit ihrem Mann die Welt bereist und wünscht sich nun einen ruhigen Lebensabend in ihrer alten Heimat. Doch der Zeitpunkt ihrer Rückkehr ist alles andere als glücklich gewählt. Nichts ist mehr wie früher, und in dem Haus ihres Bruders erwartet sie eine Katastrophe: Er hat sich erhängt. Kurzerhand übernimmt Jeanne das Ruder der Familie und findet so statt der ersehnten Ruhe eine neue Aufgabe.

»Nach dem Lesen eines Romans von Simenon fällt mir
das Leben jedes Mal einen Tag lang leichter.«
Friedrich Ani

WANDELN SIE AUF DEN SPUREN VON JULES MAIGRET ENTLANG DER SCHÖNSTEN FLÜSSE FRANKREICHS.

Rhône und Saône führen direkt in die Genusslandschaften von Frankreichs Süden. Sie erschließen altehrwürdige Städte wie Lyon, Arles und Avignon sowie lichtdurchflutete Naturkulissen. Wilde Pferde und Flamingos lassen in der Camargue das Herz aufgehen. Im sonnigen Klima dieser Landschaften, in denen Beaujolais und Côtes du Rhône reifen, spüren Sie das Laissez-faire französischer Lebensart.

Ob Edith Piaf, Claude Monet oder Picasso – sie alle ließen sich von Frankreichs magischem Norden inspirieren. Keine einzige Facette dieser Schönheit lässt die Seine auf ihrer Reise in Richtung Atlantikküste bis nach Le Havre aus. Unzählige Sehenswürdigkeiten wie Eiffelturm, Louvre oder Champs-Élysées erwarten Sie in Paris. In der traumhaft schönen Normandie erkunden Sie den pittoresken Seefahrer- und Künstlerort Honfleur. Auf ihrem Weg fließt die Seine vorbei an tiefgrünen Wiesen und hin zu kalkweißen Hochufern.

time to discover

Alle Informationen rund um unsere Flusskreuzfahrten in Frankreich finden Sie unter www.nicko-cruises.de/simenon

nicko cruises Schiffsreisen GmbH
Mittlerer Pfad 2 | 70499 Stuttgart
+49 (0) 711 248 980 - 0 | info@nicko-cruises.de